AF236529

COOL JAZZ

Danilo Dzondza

Romanzo

Basato su avvenimenti realmente accaduti

Nona edizione

Foto di copertina:
"The last rites to Dickey Chapelle. South Vietnam, 1965"
(Henri Huet /AP/ dpa Picture-Alliance)

Layout: Manuel Santi

Herstellung und Verlag: BoD – Books on Demand, Norderstedt
ISBN: 9783752603811

A Chris

I

Alle ore 01:25 la BBC interruppe il programma di San Silvestro per annunciare che il cadavere di Keith Richards era stato ritrovato nella sua villa a Tangeri. Cornell Loránt Bàtory tolse i rullini fotografici dal frigorifero provando una cinica soddisfazione.

*

Il mattino seguente sviluppò i negativi al pyrocat, li ingrandì su carta baritata e li risciacquò col rapid toner per addolcirne i grigi. Si svolse tutto a meraviglia, senza spreco di materiale. Lo sconforto di Julien al telefono lo colse impreparato:

»Hai sentito chi è morto?«

»Sì, ho sentito.«

»Gli investigatori pensano che si sia avvelenato.«

»Poco plausibile. Era troppo occupato alle ripetizioni per la prossima tournée con la sua vecchia band in formazione originale. Oltretutto finanziata di tasca propria.«

»Spero che se ne sia almeno andato come un fiero samurai.«

»Parliamone mercoledì alla galleria De la Valette. Sono stato l'ultimo nel mio settore ad avergli fatto dei ritratti.«

*

I prezzi al Bon Marché, specialmente quelli del prosciutto crudo di cervo e dell'anguilla affumicata, gli parevano ora ridicoli. Al reparto profumi Cornell spruzzò essenza di bergamotto sulle basette, concentrandosi sul futuro. Calcolò di quanti soldi avrebbe avuto bisogno per un sabbatical e si recò da Kinga Elderlein, sua mecenate e caporedattrice del *La Plume*. Le accordò con una clausola orale i diritti d'uso sul suo intero archivio in cambio del pagamento immediato dell'ipoteca immobiliare. Kinga annuì, rinchiuse negativi e stampe a contatto in cassaforte e scelse la fotografia per la copertina della prossima edizione: Keith Richards con una vespa sugli occhiali. Lo aveva fatto prima impazzire e poi punto alla nuca.

*

Galleria De la Valette sulla place Monge, nel quinto arrondissement. Julien, cartografo e costruttore di barche, più che con un normale orologio si regolava col sestante. Si presentò dunque in ritardo e con andatura fluttuante: la sua uzbeka lo aveva trattenuto astutamente, dopo le dovute prestazioni, all'ufficio immigrati, aspettando che lui le firmasse l'assegno per la limatura nasale. Aprì il giornale e disse:

»Guarda cosa scrive *France-Soir*. Nel sangue di Richards è stata ritrovata un'ingente quantità di alcool. Ma è una menzogna! Aveva smesso da un pezzo sia con le droghe che col whisky.«

»*France-Soir* fa spesso figuracce. Pur di rimanere in ballo ha pubblicato caricature del Profeta.«

»Che scempio. Pare sia stato avvelenato con antidoti rubati allo zoo. Poco importa: congratulazioni! I chioschi dei giornalai sono tutti tappezzati con le tue foto.«

La galleria esponeva una sola scultura di Giacometti dietro vetro blindato, il resto della mostra era dedicato ai suoi conterranei Robert Frank e René Burri. Al vernissage i recensori avevano litigato, calici di spumante e schegge di bottiglie erano ancora sparse per terra, un'impronta digitale insanguinata sull'interruttore della luce inquietava i visitatori. A Robert Frank, che aveva recentemente ribadito di non aver mai ottenuto più di due scatti validi a rullino, fu affibbiata la sindrome del cameraman, frequente tra gli iperattivi fotografi di strada che scattano centinaia di istantanee dello stesso motivo sperando di ottenere almeno una foto iconologica.

*

La polizia giudiziaria marocchina confermò in serata il bizzarro suicidio di Keith Richards, bluesman dalle sette vite, autore di allucinazioni sonore. Aveva preferito una morte antieroica alle acclamazioni dei fans, giocando e perdendo alla roulette sahariana contro espatriati falliti. In questa variante della roulette russa ogni giocatore trattiene la mano in uno dei numerosi recipienti pieni di sabbia, il tempo di ingurgitare tre Scotch. In uno di questi recipienti si cela lo scorpione androctonus. *France-Soir* aveva dunque ragione con le supposizioni a proposito del tasso alcoolico nel sangue di Keith.

Il cadavere venne cremato a Tangeri, a porte chiuse. Con la sua scomparsa, concluse l'oratore funebre, era svanito anche l'ultimo sforzo per riunificare le due Coree grazie ad un trainante riff di Fender Telecaster.

Cornell ripiegò il giornale. Il cameriere lo istigava a consumare più birra. Tossicodipendenti da metadone, scrocconi di sigarette, lo ingombravano di volantini.

Nella rue Saint-Dominique un'orda di Pechinesi inondò di lampate flash una spavalda signorina in mantello bianco seduta sul bordo della fontana. La sua pettinatura, la frangia impeccabile davano nell'occhio. Evidentemente faceva crowd watching.

»È appena uscita dal cinema Beverly, vero?«, la abbordò Cornell, alquanto relax.

»Yeah...Da dove lo vedi?«

»Dal logo sul pacco di popcorn.«

»Sono scappata a metà film, in sala c'era un odore ad alta percentuale sudorifica.«

»Non attivano mai l'aria condizionata. Cosa danno, ancora la serie con Keith Carradine?«

»*Pretty Baby* da lunedì. Già visto?«

»Già vissuto.«

»Cosa vuol dire, che ti sei innamorato di una dodicenne in un bordello?«

»I fantasmi di Bellocq li ho vissuti da ragazzino come fossi il suo alter ego.«

»Ma chi è Bellocq?«

»Il film si basa sulla biografia di Ernest Bellocq. Fotografava le puttane di New Orleans. Permette? Cornell Lóránt. Scelga pure il nome che preferisce.«

»Cornell si adatta meglio al mio sistema limbico, già per via della doppia L. Io sono Talleen, hawaiana.«

»Si sieda con me per un boccale di sidro caldo.« Invece di prendere posto la donna fece cenno ad un taxi e gli diede un numero civico nella rue de Tolbiac. Pareva proprio che andasse di fretta.

»Potremmo rivederci domani al Café Wepler, place de Clichy, per il filetto d'anatra al pepe verde«, propose lui.

»No. Aspettami qui alle 20 in punto, io arriverò un quarto d'ora dopo.«

*

La notte con Talleen trascorse senza intoppi, lei dimostrò una piena padronanza della logistica.

»Massaggiami le spalle«, pretese al mattino. Sollevò le lenzuola e si soffermò sull'erezione mattinale:

»Hai sognato di me.«

»Ho sognato di te. Eri ancora bambina. Stavamo gironzolando al mercatino di Porte de Vanves, fatto apposta per fanatici di archibugi e moschetti, per disincantati monarchici e filibustieri urbani che barattano protesi di tibia contro baionette. Bene, eravamo lì rannicchiati per terra, noi due e un altro paio di mocciosi del vicinato. All'improvviso intravedo dei gendarmi, uno di loro sventola l'identikit di una ninfa con fossetta nel mento. Eri tu, ti accusavano di atti osceni. Ti portano via in manette, tu ti infuri e abbassi i pantaloni di un gendarme. Lui ti acchiappa alle trecce, ti taglia le vene e scrive sulle mattonelle *Look At Your Game, Girl* con il tuo sangue.«

Talleen lo osservò annoiata:

»Il sogno è facile da interpretare. Voi francesi avete una tragica rappresentazione della donna e della sua emotività. Abbordarla, scoparla e poi buttarla via per poi ritrovarvi sulla scalinata di una chiesa con la comitiva che non riuscirete mai ad abbandonare. La compagnia avrà sempre la precedenza sulle sbarbine che vi provocano nelle ricreazioni a scuola, ma che poi vi umiliano di fronte alle amichette. Malgrado ciò vi affascinano, tutta la vostra letteratura è un'ode alla donna-bambina maliziosa.«

»Siamo dalla parte di Humbert Humbert, così come siamo dalla parte degli imbroglioni, dei falsari e dello squalo che stacca una gamba al bodysurfer più superbo. Il ripugnante non ci ripugna, al contrario, ci eccita. I cortigiani parigini festeggiavano gli scandali, hanno scritto il dizionario dell'erotismo tra blasfemie e orge. Se gli Stati Uniti avessero riconosciuto la nobiltà della vecchia Europa, oggigiorno si potrebbe praticare il nudismo anche a Daytona Beach.«

»Hai dimenticato il mio massaggio.«

»Dammi solo un minuto per raddrizzare le dita.«

»Mica devi massaggiarmi con le mani.«

»Con cosa allora?«
»Con il tuo alito.«

Talleen. Tal-le-en. Figlia del Summer of Love, maniaca del deodorante, conosceva la denominazione latina di ogni organo del corpo umano. I suoi piedi erano così ben curati che una volta un fruttivendolo di Creta fermò bruscamente il trattore e le offrì cinque chili delle sue migliori arance per poterli baciare.

Talleen era la prova del vero amore, concepita in una caserma americana a Monaco. Il padre di Honolulu e veterano del Vietnam, la madre naturopata bavarese. Talleen era capace di fischiettare alternativamente, con le mani in tasca, melodie prealpine e classici del bar jazz.

Possedeva l'orecchio assoluto innato, ben nascosto in quell'organo così sottovalutato dai ritrattisti.

*

Cornell raccontò ad Antoine del suo incontro con la hawaiana maggiorata dalla pettinatura retro.

»Non corrisponde più ai miei ritmi. Ora prediligo il seno piatto, per una questione di maneggevolezza e di galateo«, ribatté il gentleman con tulipano all'occhiello, mentre intingeva sardine impanate nella margarina sfusa.

»Piuttosto rari gli uomini con tali gusti.«

»Appunto. Anche i seni piatti cominciano a farsi rari. E le sue caviglie come sono?«

»In ceramica. Levigate con creme fabbricate da astrologi.«

Antoine aveva perso somme ingenti al cinodromo di Londra, viveva da mesi della generosità del padre e di quella di un'anonima amante che apprezzava più le sue doti di entertainer che non le sue goffe tenerezze. Antoine era in grado di stabilire, di punto in bianco, un nesso tra il crollo di una diga in Iran e la componente acquatica nei film di Tarkovskij. Come creatore di idee al Collège de Pataphysique aveva pubblicato un dramma nel quale l'oggetto del desiderio era una locomotiva a vapore. Grazie alla sua seconda casa in Manhattan aveva alcuni amici fedeli che ritrovava regolarmente al Café Brazza. Qui raccontava sempre le stesse storie con gli stessi protagonisti e la stessa cadenza. Ogni giovedì era il turno del cosiddetto Periodo Blu:

»Da studente mi entusiasmava la Scandinavia, le tempeste di neve mozzafiato, le saghe rusticali. Mi sono dunque trasferito a Stavanger e per conversione osmotica sono diventato norvegese, così come un egittologo che prende il suo mestiere sul serio diventa a poco a poco egiziano. In questo Tuva, infermiera del posto, mi aiutò molto. Era un'albina, anche lei dunque una rarità, ma ballava con la passione dei ghetti. Tuva offriva il suo corpo senza fare smorfie. Nelle estati di notte chiara si rannicchiava nel nostro bozzolo e farfugliava *So che ti perderò* di Chet Baker. Finché fummo sopraffatti dalla routine domestica, quest'ascia che separa le coppie più di quanto lo faccia la nostalgia. Tuva voleva che tornassimo in Francia, non fosse altro che per la gran scelta di liquori di erbe. Purtroppo cadde incinta e ne uscì distrutta. Cominciò a sviluppare nevrosi ossessive, pervasa dalla continua visione del bimbo che le rovinava i mobili. Fu esorcizzata da un cappellano che si riteneva incaricato di cresime e aborti, ma il bambino uscì ugualmente, benché prematuro e con asma. Io, ricurvo sull'incubatrice, gli leggevo raccolte di aforismi in modo da rimanere in contatto uditivo con lui. Lo abbiamo seppellito vicino a una di queste stavkirke medievali, a occhi aperti, affinché ritrovasse meglio la via del paradiso. Per sopportarne la perdita ho cercato conforto nella sociologia empirica di Engels. La mia tesi di laurea l'ho consegnata vestito di uniforme maoista con toppe e nastro nero al braccio.«

»Ancora due generazioni e la fede marxista si estinguerà insieme ai guanachi«, commentò Cornell.

»Il marxismo concepito inizialmente, quello color grigio scuro, ha cominciato a perder colpi con l'avvento del rock'n'roll. I vecchi lealisti del P.C. presiedono ora cattedre universitarie e i summit economici, mentre le loro donne copulano con metalmeccanici sporchi di pece e di tatuaggi degli Iron Maiden.«

Antoine spazzolò via la forfora dal gilet.

Nella Berlino ancora piena di buche stradali, prima della riunificazione, lui e Cornell frequentavano neopittorialisti radicali dell'estetica nordcoreana color pastello. Avevano fondato una comunità riservata alle russe di Germania su tacco a spillo e si erano iscritti al P.C. perché l'esser giovani e votare centro-destra è un controsenso. Il nemico non era né la democrazia né il capitalismo, ma la morale. Partirono un giorno a Mosca con il compito di rifornire il sottoproletariato di Gitanes e di dischi pop rigati. La notte prima dell'udienza al Cremlino, eccezionalmente sobri, tentarono di sedurre le domestiche dell'hotel e vennero espulsi nel disonore. Festeggiarono la sconfitta seguendo l'esempio dei loro modelli, con molta vodka e uno slogan da Interrail:

Enlarge The Community, From Lisbon To Vladivostok!

*

Il Paris Saint-Germain si era inclinato alla violenza dell'Ajax, mancava poco al fischio finale e il risultato era 4 a 1. Ai Marais la polizia aveva represso baruffe in nome del Tricolore.

Sul boulevard de La Madeleine tifosi in passamontagna insultavano educatamente i visitatori della galleria che mostrava la retrospettiva di Jeanloup Sieff con le sue Amazzoni: *Ina, Paris 1959. Charlotte Rampling, Normandie 1985. Judy, New York 1965. Nico, Paris 1956. Maria Solar, Paris 1959. Eugenia, Nazareth 1968.* »Eugenia?? Ma...ma quella è mia madre...«, gridò Cornell. »Questa donna è mia madre!« Di fronte al vetro opaco c'era un barone che arcuò le sopracciglia e con accento di Oxford disse:

»Anche per me, in qualità di collezionista, quella foto è una sorpresa. Molto...come dire, molto intima. Lei è dunque il figlio della signora Bàtory?«

»Sì, sono suo figlio. La conosce, per caso?«

»Ho conosciuto meglio Jeanloup. E naturalmente Émile, l'uomo alla sua sinistra, campione di ping-pong e console in California. Tutti noi apprezzavamo molto sua madre ma Émile, quello smidollato gaullista, si era veramente innamorato del suo emblematico profilo.«

»Come avrà fatto Sieff a convincere mia madre a posare per lui...«

»Lo ignoro. Anche lui ne era rimasto incantato, così come rimaneva incantato da tutte le sue modelle. Lei invece lo ha respinto, glielo assicuro. Aveva già respinto Émile, benché lui sostenesse il contrario. Ne soffriva molto. A causa dei suoi sentimentalismi infantili dimagrì come un maratoneta. Il suo matrimonio con quella star dell'Iowa pareva un convegno di anoressici succhiatori di cetrioli salati, durante il quale lui si compiaceva a forgiare i moduli della propria leggenda con i tipici vaniloqui del mitomane.«

»Ammirevole. Sono ormai pochi quelli che aspirano a diventare leggendari senza dover ammettere che anche la loro vita consiste essenzialmente nel riempire e nel svuotare orifizi.«

»Con i suoi romanzi ci è quasi riuscito, bisogna concederglielo. Alcuni sono talmente conformisti che ha preferito pubblicarli sotto pseudonimo e paradossalmente è questo sotterfugio che gli ha facilitato la creazione del proprio mito.«

»Ora che si è rimesso gli occhiali credo di riconoscerla. Lei è Richard Avedon, il manipolatore di fotoni…«

»Fotoni??«

»Insomma, il fissatore di raggi di luce o come cavolo l'hanno definito…«

»No, lei mi confonde con qualcun altro. Le auguro una tranquilla serata, Mister Bàtory.«

*

»Hai visto la luce a Nazareth, figlio mio, nella città natale del Cristo. A me Israele mi ha già sotterrato fino all'ombelico, rimani dunque lontano dai fanatici e dai conflitti locali o Israele sotterrerà anche te«, gli aveva consigliato suo padre. Cornell glielo promise a malincuore. Il padre, medico di Budapest e proto-cattolico, aveva in effetti spezzato il giuramento di Ippocrate in cambio di un filetto alla Wellington e nel rivoluzionario autunno del 1967 abbandonato l'Ungheria per recarsi in Galilea. Insieme a Eugenia, tessitrice di Cracovia. A Nazareth fece edificare un orfanotrofio per bambini abbandonati nei territori occupati. Da loro imparò le varie dimensioni dell'odio, finché l'odio si trasformò in un cancro che gli spappolò il pancreas. Considerava inestetici gli effetti collaterali della chemioterapia e rigettò i citostatici, finché la sua mente si oscurò come un dipinto di Velázquez. Un martedì di dicembre 1980, un martedì povero di notizie, si sparò in bocca da vero uomo, avvolto in un accappatoio di seta. Lasciò un biglietto sul comodino: *Bugiardi! Siamo tutti dei bugiardi!!* Il sindaco di Nazareth, galvanizzato da tanto spirito cavalleresco, prese a suo carico le spese del funerale e avvitò di persona la targa commemorativa.

Eugenia, sottomessa al Dio polacco, era ritornata in patria poco dopo aver partorito Cornell. Si era poi trasferita sui Tatra e visse seguendo le regole dei montanari insieme ad un trombettista di Hejnał della Chiesa di Santa Maria a Cracovia. La sua anima disboscata assorbì tramite induzione il karma di tutti i pini. Quando il regime la accusò di contrabbandare pellicce fuggì ad Amburgo, città ingorda di piaceri carnali. Ma l'Anseatica brulicava di usurai e sanguisughe, così che Eugenia Bàtory impegnò l'ultimo karakul e scese a Nizza, culla dei fannulloni mediocri. Al Lycée du Parc Impérial Cornell stendeva prosa su temi di jazz mentre intorno a lui i figli di papà in polo Lacoste sorseggiavano long drink alla menta glaciale. Un lupo dentro al petto lo spinse, dopo la maturità, nelle cantine di Belleville, che animava con jazz post-esistenzialista, come da copione. Jazz in tutte le sue diramazioni, adatte ad arroventare il drive profano dei trogloditi di quartiere diventati adulti a suon di sberle. Sentimentalmente si accampò da una libraia che colmava la solitudine notturna con letteratura mormone e parlava nel buio del suo cuore modellabile a piacere. Quando lei riconobbe la minaccia che rappresentavano duemila LP allineati uno dietro l'altro, da Adderley a Zawinul a secondo della tecnica e del colore della pelle, smise di prendere la pillola e se ne andò.

*

Si erano dati appuntamento alla panchina dove la Senna incrocia pittori e patrimoni dell'umanità. I suoi capelli erano più corti e il paio di chili aggiunti la rendevano ben soda. Talleen piazzò ostriche e una bottiglia di champagne sul foulard Hermès:

»Parigi è l'unica capitale in cui puoi mangiare ostriche sul marciapiedi senza scendere dallo scooter.«

»Io le mangio solo quando non ho fame. Chi è che finanzia il tuo dispendioso tenore di vita?«, le chiese Cornell.

»Adulatori da ogni continente. Mi piacciono i maschi sposati e tristi, quelli difficilmente raggiungibili, e che abitano molto, molto lontano da me. Uno vive a Canberra ed era amministratore esecutivo della Pan Am. Il secondo fa l'attore dalle parti di Santa Fe, nel New Mexico. Mi paga gli affitti. Il terzo è un azionista della Lufthansa, lui paga i mie biglietti aerei. Poi c'è un russo che mi riempie di regali utili e l'ultimo è consigliere presso il Ministero dei Trasporti dell'India. Te invece quanto guadagni?«

»Al cambio attuale circa 3000 dollari al mese.«

»È pressappoco quello che guadagnavo io al club teatrale della high school. Temo che tra di noi non durerà a lungo, voglio uomini avidi.« Nella donna solo il bisogno di sicurezza è più forte dell'istinto di riproduzione.

»A partire da quanto sono da ritenere avidi?«

»Dai trentamila mensili in su.«

»Chi è l'attore che paga il tuo affitto?«

»Un pluritalentato. Suona il corno e negli anni settanta è anche entrato in hit parade. Di più non ti dico.«

I muscoli mandibolari di Cornell si pietrificarono. Tornarono mano nella mano nel suo appartamento della rue du Bac, *Idle Moments* di Grant Green li dondolò fino al sonno. Il nome dell'amante di Santa Fe gli venne in mente al mattino durante i gargarismi:

»Il tuo attore, è mica uno del clan dei Carradine?«

»Ascolta bene: il mio passato e i tipi con cui vado a letto, fossero anche marziani, non ti riguarda.«

»Era qui quando ci siamo incontrati per la prima volta?«

»Sì.«

»Dunque *Pretty Baby* non è stato un caso.«

»No. E ora basta.«

»Il clan dei Carradine meriterebbe una ricerca approfondita. Sarebbe sensazionale poter riunirne tutti i membri nel loro villaggio, un po' di pubblicità non gli farebbe male.«

»Dimenticatelo. Si sono isolati di propria volontà, non c'è modo di stanarli.«

Nel pomeriggio parlò con Kinga di questa dinastia patriarcale. Ma anche Kinga lo ammonì, dai Carradine è un po' come in un ospizio:

»Chi abita a Santa Fe vuole pace eterna ed è pronto a difenderla con le armi. C'è lì un ceto elevato con opinioni insolitamente permissive per i tipici standard americani, benché dipendenti dalla temperatura esterna. Shirley MacLaine, Gene Hackman, Robert Redford, Ali McGraw, Ted Turner, Cormac McCarthy, Sam Shepard. Hanno scelto Santa Fe o perché tira da sempre un'aria liberale oppure perché si credono invasi da facoltà trascendentali. Anche Hugo Malki lo crede. La settimana scorsa ha rifiutato la sua ammissione nella Rock and Roll Hall Of Fame, ma vedrai un giorno come se ne pentirà.«

Hugo Malki. Vanitoso come un faraone. Mastermind e chitarra dei Calico Dukes, un branco randagio composto da sidemen afro-americani di Miles Davis, una sorta di eredità incarnata del Maestro. Tra una cosa e l'altra era impiegato come tecnico fonico alla Blue Note Records. Solo il Concorde volava più in alto.

»Dunque anche Malki ha lasciato il suo Delaware natale per installarsi nel New Mexico.«

»A Santa Fe mi aveva fatto una proposta di matrimonio, benché si fosse sposato da poco con la sua consulente fiscale. Mi amava, anzi, mi idolatrava, era veramente appiccicoso. Nel frattempo gli ho vietato di contattarmi ma conservo le sue lettere per scaramanzia. So che alleva bovari del Bernese e che ogni tanto suona nei pub questo *nuevo flamenco* che non sopporto.«

»Pare insomma che Santa Fe sia la città artistica per eccellenza, così tante celebrità sparpagliate su così pochi chilometri quadrati. Mi interessa.«

»Anche la comunità francese è molto grande. Ti affiderò a Larry Tomlinson, un infografico di New York. Lo conosco bene, ti aiuterà nelle ricerche.«

»Questo Larry è un tuo ex amante?« La domanda indispettì Kinga, come chiedere ad un'androloga perché fosse diventata androloga. Ci fumarono sopra una Muratti.

*

Julien si era schiantato con la Malaguti Olympique. Se l'era cavata con qualche ecchimosi e qualche cerotto, malgrado ciò lo shock perdurava:

»È stato come trovarmi su una pista da corsa in un tunnel sotterraneo. Intorno a me vedevo crocifissi e ghirlande di membra umane imbalsamate e, sul bordo del fiume, il battelliere ebbro che separa l'indispensabile dal superfluo. L'ho subito riconosciuto, nonostante il volto ancora gonfio e gli ematomi ancora freschi. Tracce dell'ultima rissa...Era Jaco Pastorius, vestito di stracci di fronte alle latrine e faceva segni espliciti. Ho sentito la sua voce in off che mi diceva: 'Scavati la tomba, plebeo, oppure dimostrami la tua audacia! Ruba lo scettro di Anfitrite, l'unica dea che non si concede alle mie voglie. Come ricompensa ti rimanderò sulla Terra.' Anfitrite, imperatrice degli oceani, apparve alla virata del chiarore di luna. Si coricò sull'altare e fui sconvolto dalla sua perfezione anatomica. Esitavo, ma era impossibile eludere quel complotto dettato dalla lussuria. Violare una dea in cambio dell'immortalità...Le mie dita si attanagliarono al suo collo, stringevo, stringevo sempre più rabbiosamente, lei si difendeva a graffi. La colpii allora con lo scettro e fu proprio in quell'istante che dei passanti mi tolsero il casco integrale, risvegliandomi dal mio torpore. *Non muova la testa né il torso, risponda con un battito di ciglia. Mi sente? Riesce a parlare? Mi sente? Ha dei dolori?* Sì, è stato doloroso quando Anfitrite, schernendomi, si allontanò dall'altare divino sculettando in maniera snob.«

*

Talleen guardava perplessa le sue Nikon e le Olympus inossidabili. Cornell era particolarmente attaccato alla difettosa OM-1, un oggetto di famiglia, l'esposimetro flottava a sbalzi e impediva la messa a fuoco manierata. Suo padre la usava nei paesi poveri, in caso di furto non sarebbe stata una gran perdita.

»Questa Pentax qui, accidenti che mattone!« La hawaiana teneva la medio-formato dal manico di legno come avesse tenuto una lampada magica.

»Ah, la Pentax. L'unica donna che trovo veramente erotica, potrei farle l'amore per telepatia. È un fenomeno inspiegabile«, rispose Cornell. Talleen non chiese spiegazioni e continuò a limarsi le unghie, finché provò il bisogno di rimischiare le carte e di riattivare il suo sistema linfatico:

»Parto tra un minuto per New York City. Il volo è al completo ma ci sono ancora biglietti disponibili per il weekend. Ti aspetto domenica all'hotel Algonquin. Bye, mon coco.« Cornell aumentò di un tantino il volume di *Function At The Junction* di Ramsey Lewis a causa di un improvviso abbassamento dell'udito.

*

Quando entrò al conservatorio, il mattino seguente, trovò Antoine imbambolato sui solfeggi di una violoncellista con lo strumento in mezzo alle cosce. Si fece consegnare le chiavi della sua casa a Manhattan, lo ringraziò con una bottiglia di bourbon e si recò all'aeroporto. Il prezzo del volo o la compagnia aerea o il tutto esaurito erano secondari, l'importante era arrivare a New York in giornata. Allo sportello della Delta Airlines gli diedero un posto in business class vicino ad un mongolo. Una volta sopra l'Atlantico il mongolo squadrò Cornell a lungo, poi chiese a bruciapelo:

»Non vorrei apparirle indiscreto ma così tra di noi, tra maschi, lei ha mai scopato un'africana?«

»Sì, recentemente. Una cabila a Tangeri. Quando si tolse il velo per un attimo mi accorsi che le mancava un orecchio. Era molto fotogenica e disposta ad ogni gioco proibito ma a me l'orecchio mancante irritava. L'ho presa da dietro, guardando tutto il tempo le lancette ferme dell'orologio appeso al muro.«

»Una cabila? Io intendo un'africana vera e nera come quelle della savana. Ad Harlem conosco una escort etiopica con fianchi stretti e polpacci sottili. È una a cui piace il sesso in branco. Mio cugino ha già confermato, io vorrei portare ancora qualcuno. Voglio dire, se a lei sta bene…Noi due e lei, insomma, quattro in tutto. È più eccitante con un estraneo che con un amico, lo so per esperienza.«

»Polpacci sottili? No, guardi, mi dispiace.«

*

Hotel Algonquin, 59 West 44th Street.
Il portiere gli assicurò, appena intascato i bigliettoni, che Miss Talleen Lakerman aveva lasciato frettolosamente l'edificio al mattino presto per le Hawaii.

131 Leroy Street, West Village.
Odore di ammoniaca mischiata a zolfo. Terzo piano, terza porta a sinistra, piena di rigature e semiaperta come nei film di horror. Cornell bussò ed entrò. Un giovanotto con guance incavate e girocollo attillato spense il lettore di CD:
»Vieni pure avanti. Io sono Philip Beckenworth, il portinaio. Portinaio per modo di dire, sono io che annaffio le piante e ritiro la posta. Antoine mi ha pregato di riordinargli l'appartamento e di aerarlo.«

»E nel riordinare ascolti Don Cherry? Il fruscio delle ampiezze d'onda ha effetti devastanti sulle piante.«

»Sì, sì, lo so, la cacofonia non va più di moda e rende schizofrenici...Per quel che me ne frega! Eppure i gerani crescono alla svelta. Nel frattempo ho scritto otto partiture differenti di *There Is The Bomb* solo per loro, di cui una per ukulele e kazoo, impastate con vibrazioni dalle foreste di bambù.«

Philip Beckenworth, ciuffo impomatato e Levi's 501

vintage, era l'archetipo di un ballerino di jitterbug. Il suo viso, che qualsiasi paleontologo avrebbe considerato etrusco, era ricoperto di una crema termica protettiva in ricordo del David Bowie berlinese.

*

Lehman Café, Tribeca. Il banjo amplificava le risate di edonisti collaterali del Dow Jones, il che complicava la conversazione. Larry Tomlinson scattò alcune Polaroid con una SX-70:

»Ad ogni birra questi commedianti corrodono un po' di più la nostra valuta forte e accelerano il prossimo crollo in borsa. Trincano come selvaggi ma una volta a casa pretendono dalla moglie un pediluvio alla lavanda.«

Larry, co-fondatore di un rotocalco lifestyle, ex-amante di Kinga e uno dei pochi ad aver visto *Cocksucker Blues* in versione originale. Aveva conosciuto Kinga nella Dordogne, a Montignac, Mecca dei fumetti dell'Età della pietra. Larry aveva studiato litografia, il suo atelier era contiguo a quello di Roy Lichtenstein, dal quale aveva imparato l'uso della grafite e del pennarello.

»A Roy piaceva tutto quello che disegnavo, ma l'interesse non era affatto reciproco. A me stimolavano solo il rhythm and blues e la pittura astratta. Dipingevo volutamente astratto per sviare lo spettatore. Cercavo nuove vie figurative nell'industria dell'intrattenimento, facevo schizzi di copertine per libri e dischi in stile fotorealistico. Sfortunatamente ero più squattrinato di Vermeer. Roy mi scrisse una lettera di raccomandazione per l'Atlantic Records e fui assunto sulla fiducia, potevo finalmente caricaturare e fotografare musicisti per giornate intere. La maggior parte di loro erano dei pupazzi in divisa da becchini. Fin quando mi imbatto in un terzetto che suonava dietro una cattedrale. Chitarra, basso e batteria, come i Cream di Clapton ma con maggiore presenza scenica, vestiti da dandy e adornati di ornamenti indiani vistosi. Il più vistoso suonava una Gibson bianca con l'efficacia di un lanciafiamme, oltretutto era mancino. Mi sono fidato del mio istinto, ho scattato un intero rullino. Il batterista mi si avvicina e mi dice: "Tu sei professionista, si vede subito. Cosa ne fai delle foto?" Gli rispondo che sono per l'Art Department dell'Atlantic, ma non ho idea a cosa serviranno. E lui: "Dì al tuo boss di venire stasera ad ammirarci al Cheetah Club e di portare molta grana perché le offerte iniziano a piovere". Well, al boss il trio apparve come un gruppo di schizoidi gasati e disapprovò con un verdetto da Gestapo. I tre volarono rincuorati in Inghilterra e dalla band nacque, come sappiamo, la Jimi Hendrix Experience.«

»La cattedrale è quella situata nella Amsterdam Avenue?«

»Sì. Conosci le foto?«

»È la serie dove Hendrix fuma spinelli con delle biondine dell'alta borghesia.«

»Jimi era senza dubbio sgargiante ma innocuo come un fachiro. Per i repubblicani e per l'FBI di Edgar Hoover, quella viscida checca, impersonava solo un meticcio che annacquava l'integrità bianca. L'Experience voleva appunto ravvivare questo teorema, in cambio ha inventato il rock, deliberatamente.« Seguirono luoghi comuni sull'arte di far musica e teorie a proposito di Hendrix e delle morti eroiche:

»Prendiamo i centotrentacinque reporter caduti in Vietnam. Avrebbero potuto assistere alle manovre di guerra durante gli armistizi, senza alcun pericolo dalle ore 8 alle 15 e poi sfogarsi nei lupanari. Invece inseguivano le luci della ribalta fedeli al motto di Robert Capa, dimenticando che Capa, quel coglione sopravvalutato, si era avvicinato talmente al soggetto che è saltato su una mina. Era attirato dalla fornace e il suo latente desiderio di commettere il passo fatale fu esaudito. Anche Jimi Hendrix era mosso da autolesionismo, si affidava più al deragliamento intenzionale che alla provvidenza. In cosa consistevano le notti delle rockstar alla fine degli anni 60? In alcool, groupies e ogni tipo di droghe, nulla di nuovo. Suonavano incitati dall'anomalo, anche i bolidi non dovevano mancare. L'ultimo atto prevedeva dunque un crash contro un pilone o un'overdose letale, alcuni ce la mettevano tutta pur di inscenarlo. Veniamo ora alla nostra partita di scacchi.«

Larry annotava con la matita ogni mossa. Dopo l'arrocco corto la partita divenne noiosa, i suoi alfieri dominavano le diagonali centrali e in una ventina di mosse misero i cavalli del re avversario fuori gioco. Disse:

»In questa busta troverai gli indirizzi e i numeri di telefono della gente che conta a Santa Fe, incluso quello di Hugo Malki.« Cornell ringraziò e dichiarò forfait:

»Odio i cavalli sulla scacchiera. Il loro zigzagare mi ricorda un'impennata quasi fatale quando cavalcavo da ragazzino nei boschi di Masuria. Mi disorientano.«

*

Casa d'aste Petrosian, Bowery.
La cornetta di Buddy Bolden marciva in una cassapanca rivestita di autoadesivi di New Orleans. Alla fine del 1800 Bolden aveva eliminato violini e farandole dai campi di cotone per rimpiazzarli con ratafià e strumenti aerofoni. Voilà le ragtime. Si avventò sulla città circondata da paludi e conquistò l'intera Louisiana. Buddy era appena ventinovenne quando scrisse la colonna sonora del voodoo, un oltraggio telegrafato fino a Belfast. Il rum e il Ku-Klux-Klan lo mandarono dritto dritto in sanatorio, dove morì di cancrena all'anima.
Cornell si inclinò di fronte all'apripista del jazz ed entrò nella casa d'aste. Scale a chiocciola, stufe in maiolica alte come armadi, lampadari che brillavano di cento novae. In vetrina vi era una tempera che raffigurava un combo dixieland nei panni di giullari di corte.
»Chi lo ha dipinto e quanto costa?«, chiese al proprietario.
»Per 250 miserabili dollari cosa vuoi che me ne importi di chi lo ha dipinto…«, ansimò Mr. Petrosian.
»Troppo caro. Vengo da una contrada derelitta della Galizia, gliene offro 90.«   Una balla, giusto per vedere cosa sarebbe successo.
»Te lo potresti guadagnare rimettendo in ordine il deposito. Entro venerdì deve essere accessibile.«
Nel deposito si trovavano statue impure e dipinti di adulteri commessi da blasonati illuministi nelle aiuole reali. Cornell li riordinò tutti secondo l'altezza. Incorniciò alcuni acquerelli e ripulì croste con la trementina. Mentre stava esaminando una coppia di fanciulle responsabili della bellezza provenzale apparve Mr. Petrosian:
»Un falso Renoir. Amo tutte le sue impressioni!«

*

What's The Use di Jimmy Owens in simultanea con i tuoni del temporale. Fumando a catena Cornell sfogliava i *Playboy* degli anni analogici-chic, quando l'amore andava ancora di moda e si chiavava a briglie sciolte. Strano, pensò, che una rivista come il *Playboy*, manuale per intellettuali senza museruola, sia stata creata a Chicago e non a Berlino, luogo di nascita del nudismo e del naturismo, dell'espressione corporea intesa come fase preparatoria del porno a venire. Più strani ancora erano gli annunci per ornamenti da palestra come witzonsnickles e gitzensnorkers, un esperimento patafisico delle agenzie pubblicitarie. E il rammarico di Ingmar Bergman in una intervista del dicembre del 1973:»Ogni cosa, in questo mondo, è ormai gigantesca. La nostra vita moderna, la vita sociale è difficilmente comprensibile, è insondabile. Ogni cosa è controllata da centri elaborazione dati.« In basso a sinistra della pagina 184, NBC News ricordava al lettore che la United States Air Force aveva sganciato più di sei milioni di tonnellate di bombe in Indocina.»The stars on your flag, America, are bullet holes«, fu il verso del poeta Jewtuschenko riguardo al terzo genocidio statunitense in Asia.

*

Quattordici ore dopo Cornell atterrò ad Honolulu. Nella lounge dell'ex residenza principesca in Waikiki Beach, circondata da tamarindi, un fumatore di pipa con cardigan di flanella gli venne incontro:
»Posso invitarla al banchetto? È in onore della signora lì davanti con il delizioso cucciolo di bobtail. Come le pare?«
»Quella con gli zigomi liftati? Lasciva.«
»Intende dunque perversa...Glielo concedo. La baronessa Nadine de Rothchild ha detto che nessun uomo è in grado di resistere a una donna frivola e leggermente perversa. Devo darle ragione. Lei è proprio così. Tutti ci considerano la coppia ideale, lei una fervente dissipatrice, io finanziariamente allo zenith. Ma il nostro rapporto è

ormai puramente platonico, per mio volere. Non mi fido di lei. Fa sempre e solo ciò che ha imparato a fare di meglio: derubarmi e adescare tipi malfamati, così, giusto per avvilirmi. Eppure è lei che vuole sposarmi. Io finora ho resistito ma sento che cederò. Sa da dove viene?«

»Tailandia.«

»Venezuela. Vede le sue scarpe?«

»Sì, anche il fango sui tacchi.«

»Le ha comperate usate il weekend che ci siamo conosciuti. Per 2800 dollari, fatte su misura da un calzolaio a Osaka. 2800 dollari pagati con la mia carta da credito, ovvio! La stessa domenica è ritornata all'isola Margarita, ci siamo rivisti dopo nove mesi. Solo gli idioti si fidano di una Latina.«

»Anche le tailandesi sono subdole. Scommetto che è di origini campagnole.«

»Scommessa persa, caro amico. Viene da una famiglia di pescatori di mahi-mahi ma non saprebbe distinguere l'esca da un amo. Ed io, idiota, avevo già messo le mute da sub nel bagagliaio sperando che mi avrebbe mostrato i segreti dei fondali marini.«

»In altre parole è la sua concubina.«

»Finora sì, giusto per dare una chance al prossimo idiota. Lei è Soledad e io mi chiamo Ignaz. Sono di Graz, austriaco.«

»Soledad. So-le-dad. Si addice pienamente ad una musa in età preadolescenziale, benché etimologicamente di carica negativa.«

»Guardi che esiste ancora di più deplorevole. Ad esempio Dolores.«

»Do-lo-res…«

»Lei è celibe, vero?«

»Sì. Mi sono fidanzato una sola volta per curiosità e per rassicurare mia madre. Ho annullato il fidanzamento quando la mia ragazza confessò di sentirsi più attirata da Gesù Cristo che da me.«

»Dal Cristo? Che eresia! Eppure la capisco. Vede, caro mio, prima di incontrare Soledad ero fidanzato con una laotiana. Ero dottore in architettura a Vientiane, allievo di Hundertwasser, quel nano da giardino. Dirigevo un team per conto di una fondazione francese, dovevamo restaurare ville coloniali distrutte negli scompigli delle battaglie. Per la festa di matrimonio avevo discusso e ridiscusso ogni dettaglio con i miei suoceri, la dote, la controdote, il vestito della sposa e tutto quanto il resto. Finché un monaco buddista si candida da noi per un impiego da carpentiere. Io gli chiedo che formazione ha assolto, le sue referenze e lui quasi si offende. Prende gessetto e abaco e recita a memoria i canoni di statica secondo i quali furono costruite pagode millenarie. Ero sbalordito. Noi lì a realizzare schizzi dei plastici con processori ad elevata prestazione per scolpire nella pietra l'ordine corinzio, mentre lui non aveva neanche chiesto uno sgabello per sedersi! In conseguenza di ciò sono diventato buddista e adepto dell'antipsichiatria. Ho rinunciato al matrimonio e ho chiesto di essere mutato altrove per scrollarmi di dosso quell'umiliazione. Vuole ora prender parte al banchetto?«

*

A Honolulu Cornell sprecava tempo al tavolo di biliardo e al buffet ricco di vitamine. La sera guardava film insieme a Dwayne. *Five Easy Pieces* piacque molto a Dwayne, per via dei colori autunnali dell'Oregon e della laconicità, un monito alla prossima generazione di registi della New Hollywood. E la fotografia, »so emotionally loaded!« Dwayne era stato in gioventù il più cool dei mods di Portland, molto prima che il muesli e le Birkenstock avessero asessualizzato gli headbangers. Operava nel racket dei giochi d'azzardo, era un cleaner all'antica. Un impiego tranquillo, nell'Oregon la densità di poliziotti per abitante era, e lo rimane tuttora, la più bassa d'America. Gli affari si concludevano in genere con dei fischi in successione cifrata ma ogni tanto Dwayne era obbligato a farsi capire meglio a colpi di karate, sempre attento che i suoi pantaloni di lino e la sua Aston Martin non subissero danni.

Dwayne faceva ora l'istruttore subacqueo. Fotografava la fauna delle isole con una Minolta XD7, un modello fuoriserie avvolto in un manto idrorepellente.

»Hai notato l'aquila reale sul Diamond Head?«, chiese a Cornell, mentre sullo schermo Jack Nicholson versava lacrime da cabaret.

»Non ancora. Perché?«

»Un animale poco socievole. Volteggia da mesi intorno al monte ma non la becco mai nel mirino.«

*

Quel mercoledì mattino, come tutto l'anno alle Hawaii, il sole brillava a un palmo dall'orizzonte. E come ogni mattino Cornell bevve un milkshake e tentò il salto carpiato in piscina. Quando uscì dall'acqua sentì rombare il motore di un Chevrolet Cosworth Vega, alle sue orecchie suonava come il sassofono di John Coltrane in *Locomotion*. Le gambe e la sciarpa da pilota della donna che scese dalla macchina erano di un bronzo Coppertone.

»Prendi i tuoi bagagli, traslochi a Wahiawa«, sbuffò Talleen.

Wahiawa, un villaggio a ribasso dei vulcani, abitato da anziani coltivatori di canne da zucchero e ananas abbindolati da latifondisti. Sedie di plastica nei giardini, come in ogni angoletto di paradiso terrestre. Le pareti esterne dello chalet di Talleen erano marrone-ruggine. Tutte le pareti di tutti i chalets erano inizialmente beige limpido ma il vento e l'edera le avevano intonacate di farina marrone. Il salotto era decorato unicamente con una monopinna, un libro e la discografia degli Isley Brothers. Il libro, *The Songlines* di Bruce Chatwin, colpì Cornell come una fiocina. Frugò nella sua borsa e ne tirò fuori un geco di zinco:

»Guarda qui. Questo talismano me lo ha regalato Chatwin in persona. Ci siamo conosciuti in una clinica a Nizza. Contro di me ha perso una partita di scacchi dietro l'altra ed è poi salpato per il Brasile alla ricerca di discendenti di mercanti di schiavi. Sua moglie non ha mai più rivisto quel fuggiasco. Eppure prima di sposarla l'aveva avvertita che avrebbe sempre viaggiato in solitaria, voleva evitare di dare a lei la colpa di eventuali fallimenti. Così come Charlie Parker, che si considerava un fallito ma era convinto di poter accedere alla fama mondiale se solo la sua Doris avesse smesso di starnazzare per ogni futilità.«

Vicino al divano c'era il giradischi e sul piatto la colonna sonora di *Fino all'ultimo respiro*. Talleen piazzò la puntina a metà disco. Accese tutte le luci e si tolse il négligé:

»Anche Charlie Parker, come Chatwin, aspirava alla totale rinuncia materiale, alla fine sono morti tutti e due di monotonia, neanche l'hard bop li ha salvati. Mi sarebbe piaciuto vivere nella Parigi anni cinquanta, quando gli autobus non avevano portiere e gli autisti si chiamavano Max.«

»Sulla linea Parigi-Marsiglia c'erano prostitute in ogni vagone e Michel Piccoli era già stempiato.«

»Scommetto che vivrà più a lungo di Belmondo. Avvicinati, ci rimane poco tempo. Domani parto per la Florida, ho affittato un appartamento a Vero Beach.«

»Interessante.«

»Anche la proprietaria è interessante, è lei la direttrice dell'ufficio stampa del Kennedy Space Center. A fine mese mandano il Discovery nei cieli, credo che potrebbe facilmente concederti l'autorizzazione a documentare le fasi preparative. Fatti incaricare dalla tua Kinga e appena hai terminato nel New Mexico mi raggiungi a Vero.«

»Kinga? Cosa ne sai di Kinga?«

»Le ho telefonato per scoprire dove ti eri cacciato. È stata molto cooperativa. Per quel che posso giudicare dai suoi difetti di pronuncia ha una malformazione al palato. Tra parentesi mi è parsa molto entusiasta di te. Ci sei andato a letto?«

»Sì, lo scorso Natale. Giusto per consolarla e su sua richiesta, dato che il gigolo di cui era innamorata le aveva tirato un bidone per pigrizia.«

»Alla sua età può permettersi ogni indecenza.«

Mangiarono phở bò con molto coriandolo e anice stellato, poi si addormentarono, lui sulle lastre di terracotta, lei nell'amaca in giardino, tra i coboldi che riparano fiori calpestati.

Il giorno dopo Cornell accompagnò Talleen all'aeroporto di Honolulu e fece poi ritorno a Wahiawa. Un impomatato officer lo aspettava tra cancello e garage. Ci sono persone, principalmente mittel-nordeuropee, che per motivi mai determinati dai sociobiologi odorano fortemente di noce moscata e cannella, spesso questo odore è rafforzato da cumino e percepito unicamente da nasi ipersensibili. L'officer era una di queste persone.

»Abbiamo problemi seri con alcuni teppisti. Uno

della peggior specie ha tamponato un carro funebre ed è poi scappato nella natura, un altro lo abbiamo ritrovato rinchiuso nella camera blindata di una banca. Ieri notte hai mica sentito rumori sospetti?«

»No, Sir. Solo il gracchiare di uccelli.«

»Posso vedere i tuoi documenti?«

»Ecco qua.«

»Oh, un frenchie. Talleen ama la Francia. È già a Vero Beach?«

»Lei è bene informato, Sir.«

»Lascia perdere il Sir e chiamami Chase.«

»Sei bene informato, Chaise.«

»Non Chaise...Chase! Sai una cosa? Trovo voi francesi molto lenti nell'afferrare il nocciolo delle questioni ma molto intraprendenti nel costruire teorie di cospirazione. Un fisico di particelle del centro spaziale di Toulouse dichiarava recentemente che l'universo è ovale e si può acchiappare a mani nude! In genere siete predisposti all'anarchia e avete un pendente per i nemici pubblici, ma lasciamo perdere...Quando sei nato?«

»In piena era jazz, quando voi americani vi dedicavate anima e corpo alla cultura del bere.«

»E riguardo ad attività sovversive da che parte ti collochi?«

»Cos'è, per via della barba lunga sulla foto della patente? All'epoca credevo nella supremazia cubana e alla legittimità delle rivolte del Black Panther Party ma dopo le sommosse di Los Angeles mi sono rassegnato. Le lotte di classe sono controproducenti e l'ascesa degli Stati Uniti alla leadership mondiale è meritata, oltre che necessaria, benché incompatibile con le opere di Miles Davis. Non capisco come mai non avete ancora annesso l'Antartide, così, per una questione di prestigio.«

»Quanto rimani ancora qui alle Hawaii?«

»Una notte. E la sfrutterò per farmi ipnotizzare dalle luci di quel faro laggiù.«

*

»Sento un ronzio nelle orecchia, come oscillazioni di diapason«, si lagnò il calvo con herpes labiale e penna Montblanc nel taschino durante il decollo del 737 per Albuquerque.

»Sì, è abbastanza assordante qui dentro«, disse Cornell. »I rumori e le turbolenze potrebbero danneggiare il metabolismo. Contro la chinetosi ho qui radici macerate di mandragora. Ne vuole un pizzico?«

»Grazie, grazie, io di radici non me ne intendo e seguo dunque il proverbio: al contadino non far sapere…«

»Lei è un contadino? Mi perdoni, ma ha più le sembianze dell'uomo colto e benestante.«

»Ma no, si figuri, sono sociobiologo. Sociobiologo della scuola di Edward Wilson, portato sull'entomologia. Eseguo ricerche sul comportamento umano e paragono. Il nostro pianeta va osservato, mantenendo la percezione della relatività, da una altezza di due-tre chilometri, come da questo aeroplano. È la distanza che fa di noi un mucchio di formiche. Il sociobiologo le spiega cos'è la bellezza e le reazioni umane in una sola frase. Le spiega perché sono occorsi quattromila anni per collegare due ruote a una catena, invenzioni antichissime, e creare così una bicicletta. Le spiega perché le donne non evadono mai da un carcere e non inventano mai nulla, perché non falsificano opere d'arte o banconote, perché investono in beni immobili o nel settore farmaceutico piuttosto che in un cantiere navale, perché non si ritrovano sul lungomare a giocare a scacchi e rubano costosissimi prodotti di cosmetica invece di svaligiare un botteghino del lotto. Allo stesso modo la sociobiologia le spiega perché un disoccupato indebitato che spara a moglie e figli e poi si impicca viene tacitamente assolto dalla comunità. La sociobiologia rende gli studi di genere inutili. È unicamente il fattore umano che determina le nostre azioni, motivate da una forza zavorrata nell'inconscio: sopravvivere ad ogni costo. Ognuno di noi è vettore della cellula primordiale, non cambieremo mai. Siamo parassiti onnivori, i prodotti della natura ci servono da nutrimento e materia prima. Ci siamo inimicati ogni specie animale ma è per noi stessi che proviamo il maggior disprezzo e per questa ragione speriamo di trovare rifugio su altre galassie.«

»Nel frattempo l'Homo Ludens ha fatto molta strada, solo una guerra atomica globale ci separa dalla colonizzazione spaziale.«

»Noi maschi siamo divorati dalla curiosità, dall'incognito. Decidiamo sia della costruzione che della distruzione del mondo, siamo gli addetti alle torture, consenzienti ad ogni carneficina. Vogliamo gustare alle vicende che provocano in noi sofferenza e piacere, incluse le Guerre Totali, il nostro svago per eccellenza. Moralmente riprovevoli, a partire da un certo livello di autosuggestione diventano auspicabili e ci lasciano indifferenti. L'istinto di sopravvivenza giustifica le decapitazioni e gli sgozzamenti a catena. Siamo senza pietà, per questo abbiamo creato divinità misericordiose. In qualità di sociobiologo posso affermarle che dal punto di vista darwiniano la Germania ha vinto la guerra. Hitler fa ormai parte dei top five dei demoni che hanno marcato la condizione umana, ma senza quel riformatore narcisista non avremmo né la pacifica Unione Europea né l'ONU. Inoltre è incontestabile che appena terminata la sua guerra la Germania è diventata un paese con un'economia emancipata, benché ancora sotto il dominio e il ricatto americano. Lo smacco della Seconda guerra mondiale ha talmente traumatizzato il popolo tedesco che non tollererà mai più una nuova crisi finanziaria. Lo scopo di Hitler, come quello di ogni tiranno, era la realizzazione di ideali collocati su vette così alte che per raggiungerli occorre scalare montagne di cadaveri. Possedeva la retorica necessaria per incitare il popolo all'abnegazione di sé stesso. Il suo partito aveva dato compiti precisi a tutti gli adepti, anche i più esecrabili furono portati a termine con rigore algebrico. Il predatore umano è il solo programmato ad eseguire stermini e ad estendere il suo territorio di caccia sotto ogni latitudine. Hitler ha intenzionalmente rovinato la Germania perché sapeva, noi tutti sappiamo, che solo dopo un terremoto si ricomincia da zero nel pieno ottimismo. Anche la prossima guerra mondiale scoppierà per volontà di un paese altamente civilizzato, i cui dirigenti hanno già prefissato coscienziosamente schemi drastici per un calo del sovrappopolamento. L'eliminazione fisica di esseri umani brutti e cattivi si compirà di nuovo nel consenso globale e noi, servitori su richiesta, aspettiamo impazienti i provvedimenti dei reggenti prima di conficcare con noncuranza la spada nel costato di un povero diavolo. A questo proposito ho fatto stampare un memorandum che distribuisco nelle metropolitane. Il mio prossimo libro tratterà invece dei dittatori decorati di stemmi araldici e coccarde. In tempo di pace schiavizzano e decimano il proprio popolo, mossi dalla cosiddetta sete di potere, ma allo stesso tempo sono in grado di sfamare la classe operaia e di lodarne i meriti. Si tratta, in concreto, di guadagnarsi il rispetto dei propri vassalli. Un sistema affidabilissimo che i dirigenti dell'UNICEF e dell'OCHA applicano alla perfezione. Si abbuffano in ristoranti ginevrini a cinque stelle e combattono la denutrizione in Etiopia con sacchi di farina.«

»Scusi l'interruzione, ma lei di dov'è?«

»Di Coventry, Inghilterra. Per i miei genitori l'hit in 'Hitler' fu particolarmente micidiale.«

*

Albuquerque, New Mexico. Sui cartelloni che affiancano il Girard Boulevard, Burt Reynolds, il più credibile degli agenti speciali 007, reclamizzava un profumo al muschio di Connemara.

Cornell noleggiò un pick-up e guidò spensieratamente per diciassette miglia fino al motel Fayzabad di Bernalillo, una bettola per hobos, e ordinò birra alla spina. Il barista fece fatica a spillarla. Dietro di lui, accanto al bersaglio dei dardi, una fotografia dell'agenzia Black Star mostrava guerriglieri in posa magnanima e in un accenno di fama futura, riuniti intorno ad una scacchiera d'alabastro nella desolazione caucasica.

»Chi sono quegli uomini?«, chiese Cornell al barista.

»Afghani. Uno di loro frequentava la stessa scuola di Corano del mio capo. Lui dice che la foto è uno scatto spontaneo, a me invece sembra composta. Non siamo mai dello stesso parere.«

»Quello con la torre in mano chi è esattamente?«

»No so bene. Se vuole, Mister, chiamo il capo, sarà ben felice di esserle d'aiuto.«

»Chiudi il becco, deficiente!«, lo insultò il capo. »Quelli sono tagiki e quello che indica lei, Sir, è Ahmed Schah Massud, il Leone del Panjshir. È lui che libererà l'Afghanistan dai talebani, se Dio vuole. E sorride perché la giustizia è dalla sua parte. Solo chi vive nel torto ha paura e innalza muri divisori. L'America teme da decenni il comunismo del minuscolo Cuba, teme i Neri in casa propria, i musulmani, i liberali, i messicani, i vampiri, i sauri. Teme anche le comete e il meteorite che nell'anno 5024 potrebbe disintegrare l'intero Oklahoma. Dopo Pearl Harbor gli americani hanno sempre colpito per primi, da allora galleggiano in ogni tipo di ansie perché sanno di commettere ingiustizie ad ogni mossa nella loro politica estera. Noi afghani invece siamo come i russi e i cinesi, non temiamo l'invasore e ci sentiamo in pace con noi stessi. Schah Massud ha fatto edificare scuole, ha regalato al popolo aratri e campi da coltivare. È di uomini giusti che abbiamo bisogno, non di conquistadores che ci vogliono imporre l'insurrezione cristiana. Che Dio lo protegga, lui e suoi prodi combattenti! Perché il giorno in cui il Leone avrà perso la disponibilità al combattimento, Sir, quel giorno accadrà qualcosa all'America che ci obbligherà ad inginocchiarci nella nebbia. Qualcosa di agghiacciante, qualcosa che nessuno aveva mai previsto.«

Il barista li guardò tutti e due insospettito:

»Dove, qui da noi? Cosa diavolo dovrebbe succedere qui?«

Cornell bevve un mezcal e si stravaccò sul letto.

Dopo un sonno profondo si risedette al volante, imboccò l'Interstate 25, fece qualche giro nel centro di Santa Fe e proseguì fino a Tesuque, villaggio di novecento anime dove l'imponderabile si manifesta tra gli arcobaleni e i nitriti di mustang. Parcheggiò il pick-up, caricò la Nikon F3 e prese ad osservare la villa vittoriana fino al momento in cui qualcuno all'interno mosse le tende. Scavalcò allora atleticamente il recinto. Uno sparo e Hugo Malki apparve in pigiama sulla veranda come Miles Davis sul palco.

»Dunque sei tu il figlio di troia che ha telefonato ieri senza rispondermi!«, urlò il rancher. Cornell svuotò a bocca secca l'intero rullino da 3200 ASA.

Fece poi colazione sulla Plaza di Santa Fe, comprò vari coltelli da caccia con manico in corno di bufalo e ripartì innervosito. Trentacinque ore dopo giunse a Vero Beach.

*

Vero Beach, Florida. Un parcheggio di fronte al deli più frequentato nell'Indian River County. Cornell si appoggiò stanco alla portiera del pick-up. A pochi metri da lui un neurotico con occhialini ispezionava il motore di una Fiat 500 color ocra. Dopo qualche istante si diresse verso Cornell con una borsa colma di pompelmi selvaggi:

»Avresti per caso dei guanti usa-e-getta? Devo fare il cambio all'olio.«

»Mi dispiace, ho una allergia al cacciù. È tua la carretta?«

»Carretta?? Quella è un monumento storico. Sì, sì,

conosco il detto, Fix-It-Again-Tony, ma finora non mi ha mai piantato in asso. E neanche un'ammaccatura! A settembre la spedisco in Germania, a Monaco. Ho preso un caffè in gestione vicino alla gliptoteca, poca roba. Conosci Monaco? La prima cosa che il console americano vede dalla sua finestra sull'English Garden è un campo nudisti. Poter sdraiarsi nudi nel cuore di una metropoli è l'incoronazione della democrazia, il colmo della libertà del cittadino. Certo che i tedeschi...Per pranzo solo una banana e poi via su quei ridicoli velocipedi reclinati! Io sono italiano di Brescia. Conosci Brescia? Le pistole Beretta, le Mille Miglia...Molto, molto borghese, quasi ricca. Cosa dici, come potrei chiamare il mio locale?«
»Chiamalo Caffè Eddy Merckx. Ha vinto cinque volte il Giro della Lombardia.«
»Eddy Merckx era il mio eroe di gioventù. Come ti è venuto mente, eh, sarai mica belga anche tu?«
»Parigino adottato.«
»Ma dai! Mais c'est formidable! A me piace il francese, la lingua dei pasticcieri e dei mastri profumatori! L'entente cordiale, l'esprit de contradiction...!«
»È anche la lingua dei ciclisti.«
»Eh già, le maillot jaune, contre la montre...Pensa che io facevo il ciclista di professione, ero il gregario, pedalavo per i fuoriclasse. Lo facevo volentieri, eravamo come fratelli, ce la tiravamo. Ma ho avuto sfortuna. Sulla Lüttich-Bastogne-Lüttich mi ha colpito in pieno una borchia venuta fuori dal nulla, probabilmente si è trattato di un atto di sabotaggio. Insomma, fine delle corse, definitiva e senza rancore. Gli sponsor mi versarono una liquidazione, con quella mi sono pagato la formazione privata all'istituto alberghiero e sono partito a Parigi. Nel vagone-letto faccio amicizia con un batteriologo che aveva la mania di attivare lo sciacquone dei cessi quattro volte consecutive. Adesso è ispettore al Ministero della Salute. A me invece è andata storta. Mi ero associato con gente sbagliata e ho incontrato la donna sbagliata, una canadese affetta da esibizionismo che faceva solo table dance e la modella per pittori. Sperava di diventare la musa di un pittore cubista, sai, uno di quelli

grassottelli in canottiera che dipingono orchi con le gobbe. Le piaceva Picasso.«

»Picasso piace a tutte le donne. È lui che piace, il Picasso uomo, non i suoi quadri.«

»Di corpi femminili non capiva un accidenti, il Pablo. Peggio di Duchamp. Vabbè...Per i capricci di quella sgualdrina sono finito in cella. Il suo ruffiano la fregava sulla percentuale e l'ho riempito di cazzotti, lui ha poi ritirato la denuncia su consiglio di lei. Incredibile. E appena fuori mi sparisce, mi sparisce la canadese! L'ho cercata invano in tutto il Québec, le sue tracce DNA mi hanno condotto fino a qui ma non l'ho ritrovata. Sono rimasto in Florida per questo bel caldo e mi sono perfezionato in gastronomia. Mai avuto problemi con i clienti, qui. Parlano poco, vanno al ristorante solo per mangiare. Senti, la mia ragazza si sta impazientendo. Te come ti chiami?«

»Cornell Bàtory.«

»Ma va là, come mio nonno! Nonno Cornelio era bolscevico e ateista. Mica per convinzione, sai, giusto per indispettire i frati domenicani, i custodi del villaggio. Quell'ipocrita però da loro gli comperava il vino, diceva che le migliori damigiane si trovano nelle cantine del clero. Ne beveva solo a goccetti e ne beveva tutto il giorno per placare l'artrite. Il più delle volte lo vedevo mezzo brillo ai fornelli della trattoria di famiglia, la sua specialità erano i ravioloni al barolo in brodo di perle.«

»Non mi pare una pietanza da proletari. Cosa ci metteva dentro?«

»Ci metteva uova di una razza rara di quaglie che allevava lui stesso, la ricetta era un segreto che non ha mai voluto svelare. Pensa che è morto folgorato dal tostapane! L'attuale gestore, la farmacista, il parroco, oggigiorno giurano sulla rucola e il tempura. Ai tempi di nonno Cornelio con la rucola ci nutrivano i conigli, altro che! Passa a trovarmi a Monaco verso i primi di settembre nei pressi della gliptoteca. Chiedi di Leo Paganini. Ciao!«

*

Village Spires, Harbour Drive. Due monoliti edificati nel kitsch da emirati. Talleen ricevette Cornell in stivaletti da cowboy e maglione a frange sfilato. Soffriva di crampi ai polpacci che alleviava con l'agopuntura, ben sapendo che l'agopuntura ha effetto solo sui cinesi.

I giorni trascorsero tra girotondi nei malls e involtini primavera crudi intrisi nel gin tonic. Talleen preferiva la comodità del suo terrazzo alle passeggiate serali, la brezza la proteggeva dalle irradiazioni nocive e da geopatologie varie. Il suo appartamento all'ottavo piano lato nord era arredato secondo i criteri del feng shui accordati ai suoi chakra. Il Palo Santo aveva scacciato gli spiriti maligni, malgrado ciò il litigio faceva parte del trantran ordinario. Talleen era del segno dei Pesci, il cavalluccio marino bisticciava regolarmente con il piranha e scatenava vortici che frantumavano i calici in malachite, vecchi di secoli, allineati sulla mensola in onice. Oppure, come accadde al Department Of Motor Vehicles, dove il vortice catapultò un portacenere sull'orecchio sinistro del suo amante. Gli impiegati erano allibiti. Questi estroversi europei! Questo loro vergognoso comportamento!! That's horrible! Ma di fronte all'esaminatrice e all'istruttrice di scuola-guida Cornell aveva salvato la faccia complimentandole per il loro abbigliamento. Superò dunque la prova di teoria e pratica in silenzio. Ottenere la patente americana, già che era sul posto, gli pareva essenziale, è quasi una Green Card. Gliela rilasciarono in cambio dei suoi dati personali. Ciò che era e ciò che era stato fu incanalato nelle fibre ottiche e memorizzato nei sotterranei di Langley, Virginia, per almeno novantanove anni.

Le mani gli sudavano quando firmò la tessera con l'ologramma del Florida State.

*

Kinga sbrigò la corrispondenza in tempi record, Cornell ottenne l'accredito dalla NASA per un'intera settimana. Guidò orientandosi con il grattacielo di montaggio fino al Kennedy Space Center, compilò moduli su moduli finché gli appesero il tesserino verde al petto. La direttrice dell'ufficio-stampa gli recitò il regolamento, gli consegnò un secondo tesserino rosa e lo affidò a Leland, anziano ingegnere di aeroacustica, il cui compito consisteva nel creare movimento e publicity a favore dell'Agency. Leland aveva pubblicato un trattato fondamentale di seicento pagine, nel quale la parola 'computer' era citata una sola volta. Armstrong & Co, così stava scritto nel libro, avevano rubato alla luna il suo magico alone e deluso milioni di coppie che, come nel caso dello stesso Leland, si erano sposate nell'estate del 1969.

Al volante di una Mini Moke attraversarono Merritt Island in lungo e in largo, un areale consistente in filo spinato e hangar sorvegliati da alligatori.

Il giovedì il Discovery, trasportato su un cingolato, il cosiddetto crowler, fu issato sulla rampa di lancio. I vigili del fuoco manovravano col telecomando ogni tipo di serbatoio contenente liquidi infiammabili ma si rifiutarono di istruire i reporter sui dettagli tecnici. Quando il corrispondente incipriato dell'ABC Television australiana salì sulla pedana, un grosso uccello si piazzò sul bidone della spazzatura dietro di lui e ne tirò fuori bucce di anguria. Cornell si accorse dell'uomo dietro al bidone solo dopo la messa a fuoco sull'uccello: Roger Trevor Gordon, l'onnipresente con farfallino annodato male. Non proprio una leggenda, più che altro un girovago che si era fatto una reputazione da outsider durante la crisi cubana, documentandola dal punto di vista dei sovietici. Gli americani, sosteneva Gordon nella sua recente raccolta illustrata, invidiano segretamente i russi a causa delle loro inclinazioni per gioviali strategie di sopravvivenza. Russia e Stati Uniti sono come prostituta e cliente che non scopano per timore di innamorarsi l'una dell'altro. Dopo la guerra del Golfo, nel marzo del 1991, Gordon aveva iniziato a dedicarsi alla paesaggistica tutti-frutti.

»Cos'era quello, un pellicano o un condor? Ma vai tranquillo, la foto è tua, io me la sono giocata«, lo rassicurò l'inglese.

»Sono di nuovo arrivato troppo tardi, ma non importa, il momento decisivo lo scopro spesso nello scatto numero 37.«

»Lei è Roger T. Gordon. Ho letto la sua intervista nel *Guardian*, quella sui Swinging Sixties. Nella sua Leica ci sono diapositive Agfachrome scadute da un pezzo, giusto?«

»Qualcosa dell'Agfa, sicuro. Grazie ad Agfa ho potuto illustrare tutti i miei libri.«

»È qui su commissione?«

»Sì, per fortuna. La pensione non basta a nutrire tutta la famiglia. Ho due figli che mangiano come lottatori di sumo.«

»Ho trovato alquanto spiazzato l'evocare la sua storia d'amore con Dickey Chapelle.«

»Mi ci hanno forzato i reporter del *Guardian*. Dickey era famosa e ad ogni modo in Vietnam non si può dire che si comportasse da santa, anzi, se un soldato le piaceva…Una ficcanaso con grinta, più pericolosa di ogni granata ma anche più ingenua di una cheerleader.«

»Pare che la CIA la ricattasse.« Gordon strofinò la sua Voigtländer come il tennista strofina l'incordatura della racchetta ed eluse la domanda.

»Ma da dove vieni, eh? Sei più invadente di un mendicante sotto la pioggia!«

»Dal sesto arrondissement parigino.«

»Hm…Lo conosco bene. Da marinaio andavo lì a cercare donne e umore cinico nei bistrots. Ogni notte assaltavo la Bastiglia, il che era abbastanza indelicato per un inglese verace come me. E per chi lavori?« Roger T. Gordon guardò attentamente il tesserino:

»*La Plume*. Mica quella di Kinga Elderlein…«

»Proprio quella di Kinga Elderlein.«

»Sono ormai quasi vent'anni che non ci sentiamo. Come sta, si veste ancora solo di nero come gli intendenti di teatri?«

»Sì, e con molti ornamenti sulle rotondità.«

»Una donna con los cojones. Peccato che abbiamo litigato per via di 400 sterline. 400 sterline che risalgono alla guerra civile in Libano, una fattura per documenti falsificati. Non che mi abbiano impoverito ma nel 1982 per lei ho rischiato la galera.«

»Come era il Libano nel 1982?«

»Per i cronisti della stampa scritta una vera manna ma per noi fotoreporter una dura prova di coraggio. All'inizio Kinga voleva mandarmi nel Tirolo a compiere ricerche sulla mafia dello speck e io rifiutai. Una cosa un po' stramba ma nel frattempo se ne occupa un intero reparto dell'Interpol. In quel periodo mi ero abituato a vivere alla buona, mangiavo un giorno sì e un giorno no, sempre pronto a cercar rogne e qualche brivido e il Libano ne prometteva anche troppi. Quei popoli laggiù sono inconciliabili. Beirut fu una ecatombe in panavision, la conseguenza razionale delle mazzate cavernicole. I palestinesi dell'OLP e i miliziani cristiani si squarciavano l'un l'altro in lotte corpo a corpo, gli israeliani sganciavano bombe al fosforo anche sui lazzaretti. Pur di liquidare Arafat erano disposti ad abbattere aeroplani dell'aviazione civile e a trasformare il Libano intero in una necropoli dantesca. Fu un conflitto stomachevole, a me ha reso quasi sordo, ma allo stesso tempo fu un telescopico thrill che rendeva succube. Non sono solo i soldi che ti attirano nel fuoco incrociato ma è innanzitutto il lavorare in circostanze resistenti ai succhi gastrici, ignorare processi empatici per fotografare imperterrito bambini agonizzanti o in stato di decomposizione. Il minimo errore e cadi indietro con le budella in braccio. D'altra parte la vera fotografia di guerra evolve tra gli effetti di droghe e di sevizie psicologiche. Finanziariamente non mi potevo lamentare, la Reuters stampava ogni bozza che inviavo a Londra. Finché vidi un cieco con le stampelle, superstite dei bombardamenti israeliani, maciullato da un carro armato. Ffffppplattchh!! Sull'asfalto scottante rimase solo poltiglia. Ero insieme a Don McCullin del *Sunday Times* che mi disse, piangendo: "Questo è un omicidio che ci perseguiterà fino al nostro ultimo respiro. Beirut è la più grande merda che abbiamo calpestato". Ho pianto anche io, da allora dormo da un lato solo del cervello.«

»Il piangere intorno ad un letto di morte ha reso l'umanità ben più solidale che non la caccia in gruppo. Chi non è mai stato testimone di cruda violenza sopravvaluta il proprio limite del tollerabile e si crede immune dalle disgrazie altrui.«

»Se non avessi fotografato l'orrore penso che oggi lo negherei, dato che l'ho cancellato dai ricordi. I miei lavori sui malati di Aids hanno rafforzato questa certezza. Quello che mi stimolava erano le circostanze a mio sfavore, dopo il divorzio ero sul lastrico. Avevo il presentimento che l'Aids si sarebbe diffuso rapidamente e speravo nelle prime vittime famose. In Africa non avevo concorrenti. Mi sono allora trasferito a Nairobi, crocevia di ogni collegamento aereo e di ogni epidemia, per fotografare umanoidi scheletriti. In seguito mi sono stabilito nella foresta, per la scienza e per la regina! Ho imparato a cuocere il pane nei nidi di termiti e a sterilizzare l'acqua dei fiumi con pastiglie di halazone. Fondazioni internazionali pagavano bene i miei progetti. Entrai a far parte dei concerned photographers, benché fotografassi così come gli asiatici fotografano il Rinascimento fiorentino, con mascherina sulla bocca, apatici e la testa nel pallone. Fino al 1989 – quell'anno crollarono troppe frontiere e troppi muri. Sfortunatamente la malaria mi tenne bloccato fino alla fine della guerra del Golfo. Mi sono perso tutte le rivolte e l'unica occasione di poter stendere un rapporto da zone in sommossa senza che McCullin venisse a mettermi i bastoni tra le ruote. Gli americani gli avevano negato l'accredito, lo trovavano troppo sincero, mediaticamente troppo pericoloso.«

Roger Trevor Gordon si congedò con due dita alla tempia. Poi si rigirò verso Cornell e fece:

»Ma tu come pronunci Agfa-Gevaert?«

*

Sabato, ore 20 e 30. I cacciabombardieri provenienti dal centro di controllo missione di Houston si posizionarono sotto raggi di luce indaco. Gli astronauti scesero dai cockpit e avanzarono meccanicamente verso i reporter, gli sguardi rivolti al NASA Channel e ai proiettori che distribuivano calore. Le loro sagome si estendevano per una quindicina di metri sul macadam. Si scambiarono i complimenti di rito e relativizzarono ogni apprensione riguardante il volo. Cornell trascorse la notte in macchina avvolto in un poncho, l'orecchio in direzione della playlist dedicata a Ben Webster: ballate registrate al Kopenhagener Jazzhus Montmartre, nelle quali il tenore copriva il pianista di crisi epilettiche e incidentalmente contribuì, come il suo compatriota e rivale Dexter Gordon, ad esportare il basso di Niels-Henning Ørsted Pedersen.
Alle 5 e 30 del mattino soffiava un vento da taiga. Leland tamburellò al finestrino e tese a Cornell il thermos:
»C'è Ovomaltina dentro. Vuoi anche un po' di acido citrico granulato per tonificarti?«
»Grazie, Leland. Cosa crede, come risuona la tromba di Miles Davis in assenza di gravità, rintrona diafonica o solo elastica?«
»Tra un'ora il capitano dell'Apollo 17 darà una conferenza. Chiedi a lui, Apollo era il dio della musica.« A domanda insensata risposta insensata, ma grazie comunque.
Nell'auditorium il volume degli schermi fu azzerato. L'ex capitano spiegò in maniera approssimativa l'avanzare dell'operazione ai giornalisti che lo ricompensarono di applausi e ricevettero in cambio Coca-Cola Light. Si aprì una porticina, l'hawaiana dal ventre scoperto e in blue-jeans a campana si sedette vicino a Cornell.
»Cosa diavolo ci fai qui?«, bisbigliò lui.
»Ho avuto un attacco di invidia e ho pensato che dovremmo condividere un avvenimento del genere.« Talleen – la vera causa dell'infarto di Omar Sharif nel *Dottor Živago* – era di umore sovrano.
»Cosa hai raccontato al posto di controllo?«
»Nulla. Hanno solo voluto vedere la mia carta di

identità e il porto d'armi. È bastato questo e un mazzo di fiori.«

»Impossibile. Stai mentendo, come sempre.«

A mezzanotte scribacchini e fotografi erano raggruppati di fronte allo stabilimento medico protetto da forze speciali. L'equipaggio fu trasbordato nell'Astro-Van e condotto alla rampa di lancio.

La stampa ritornò alla base in pullmino. Le lampadine si attenuarono, caffè e sigari circolavano nello spazio fumatori, i soliti intossicati da notti polari tenevano duro scambiandosi aneddoti cosmici, altri russavano sulle loro valigie in alluminio.

Al brillare delle prime luci dell'alba Talleen si lamentò di un deficit di sali minerali e sognava di fanghi termali.

Nell'auditorium stridevano i fax, il maestro di cerimonie collaudò su cartoline postali la sua riserva di penne a sfera.

Un delegato con spalline fece il riassunto delle condizioni metereologiche escludendo un rinvio della missione. I reporter, atrofizzati dal gelo, raccolsero i loro strumenti di lavoro e si accamparono sulla tribuna a novecento metri dallo Shuttle, occhio e croce.

Ci vollero ancora due ore prima che il countdown rese incandescenti gli oscilloscopi. Cascate di perossido di idrogeno ricoprirono la navicella che ruotò sul proprio asse, raggiunse il punto max q e si dissolse su Aldebaran.

*

I crampi al polpaccio erano svaniti grazie a iniezioni antinfiammatorie e ai nei intorno ai suoi capezzoli si era affezionato. Cornell non provava nessuna nostalgia di casa. Mangiava ogni giorno dei cannelloni al salmone e zucchini che gli preparava Talleen in bikini trasparente, mentre guardavano spaghetti-western inchiodati dall'eco degli spari creato da un ingegnere fonico di Cinecittà rimasto ignoto ai posteri.

»Domani parto a Milwaukee per un matrimonio«, annunciò lei. »Ci rincontreremo tra poco, non ho ancora deciso né dove né quando.« Cornell sentì il suo livello di testosterone abbassarsi di qualche centilitro. Si guardò allo specchio e ci vide un ermafrodito che lo ammutolì con un ghigno di compatimento.

»Okay«, gorgogliò lui. Solo questa parola, solo l'abbreviazione più usata sugli emisferi. Ma sulla psiche di Talleen, apologista dell'attacco preventivo, ebbe l'effetto di una frustata ai reni:

»Cosa significa il tuo stupido okay? Ti fa piacere che me ne vado, che ci separiamo??« Discutere gli parve insostenibile, come ribattere all'arbitro sul ring. Lei buttò la tempera dixieland dal balcone e lo schiaffeggiò con il dorso della mano.

*

Un'ora prima dell'atterraggio a New York, il signore con barba vistosa che aveva sonnecchiato per tutta la durata del volo sul sedile 31J nascose il cuscino nella sua cartella e chiese:

»Cosa sta ascoltando? Mi piace molto, la chitarra è ben temperata.«

»Melvin Sparks, un texano diabetico discepolo di Grant Green«, mormorò Cornell, sedile 31H.

»Lei viaggia per lavoro o per svago? Chiedo così, giusto per conversare.«

»No, è un viaggio di dispiacere. Non ho ancora digerito una delusione avuta nel New Mexico.«

»Una donna, immagino.«

»Un musicista.«

»Lavora in campo musicale?«

»In campo culturale per un periodico di Parigi fondato da una congregazione di sessantottini.«

»Ah, Parigi…In ogni quartiere rivivi un altro ciclo storico. C'è più arte al cimitero del Père-Lachaise che in tutte le cattedrali americane riunite.«

»Proprio per questo Jim Morrison voleva essere sotterrato lì.«

»Jim chi?«

»Jim Morrison. Un triste destino. Lei invece?«

»Io? Io vorrei essere sotterrato in patria.«

»Intendevo se lei viaggia da privato o per affari.«

»Più che per affari mi sposto per dovere. Sono stato invitato ad una conferenza di antropologi della provincia del Khuzistan, Iran. Noi rovistiamo nel passato e simuliamo il futuro, un lavoro da chiaroveggenti e allo stesso tempo terra-terra. Ma evidentemente non ho le apparenze del tipico scienziato, i doganieri mi hanno sottoposto ad un interrogatorio da furfante. E tutto questo per un fascio di documenti in persiano e uno scrigno contenente lime da unghia che si usavano nel Paleolitico!«

»Che coincidenza. Anche un mio amico si occupa di lime per le unghie, ma a livello dilettantistico.«

»Vai a sapere cosa ci vedevano in quelle lime. Mi hanno interrogato fino a intontirmi, fatto domande sulle mie preferenze sessuali con l'intenzione di denigrarmi. Mi hanno chiesto se sono gay, se mi piacciono i giovincelli imberbi. Ma io sono sposato con prole e poi mica sono inglese, non so neanche cosa vogliono in fondo questi gay!«

»È per via della sua barba. La barba folta è impura, è un relitto di Woodstock, neanche i simpatizzanti di Fidel Castro la portano più. Voi musulmani avete un problema di immagine dovuto alla barba e alle tuniche, pregate in mezzo alla strada, siete troppo vistosi. Per noi occidentali il musulmano inoffensivo ha una rasatura perfetta e porta camicie firmate. E naturalmente disapprova ad ogni convegno in maniera risoluta le sure del Corano che fanno riferimento a ebrei e cristiani.« Cornell si riallacciò le scarpe concentrandosi su *Akilah*, nome che tradotto letteralmente significa "negromante in bilico su un'ala".

*

Maynard's, Midtown Manhattan.
Tavoli con tovaglia jersey e ciliegina in ogni drink. Quelli che, come Philip Beckenworth, consumano prelibatezze ineguagliabili ordinano hamburger alla polpa di granchio su insalata di alghe tiepide. Tutti gli altri, tipo i rednecks suoi vicini di tavolo, con dilatazioni di stomaco e berretti alla rovescia, ordinano all-you-can-swallow. Da perderci l'appetito, considerò Philip. La mancanza di stile lo deprimeva infinitamente:

»Non ci siamo mai vestiti in modo così volgare come al giorno d'oggi. Ci siamo rassegnati all'unisex, alle magliette slavate e ai jeans con strappi. Seguiamo i trend delle baraccopoli, il caos estetico. Contravveniamo volontariamente alla nostra dignità.«
Philip aveva iniziato a scrivere la biografia fittizia di John Lurie perché quella vera gli sembrava più amorfa di quella dei personaggi che interpretava nei film. Adesso lavorava come corriere per Interflora ma aveva deciso di licenziarsi a causa dei capogiri che lo infilzavano negli ascensori. Colpa dei giacinti, garantito, è risaputo che provocano

bronchiti e via dicendo.
»Ecco i nostri hamburger«, disse Cornell. »Nulla in contrario se mangio il mio come se fossimo in un fast food irlandese?« Philip gli indicò i cocktail:
»Queste macchie qui sul bordo sono amebe che fioriscono in ogni sfumatura di tavolozza. Posseggo un congelatore per millequattrocento piastre di Petri con dentro questi animaletti colorati.«
La notte era secca. Dei senzatetto si giravano e si rigiravano su materassi contaminati da ogni malattia mentale. Zingari ben nutriti elemosinavano per la loro razione quotidiana di ingrassanti. Philip si unse i capelli di gel, compiacendosi del suo giubbotto Bates di pelle rosso-carminio. Divagava a proposito di analisi in laboratorio su shampoo di uso comune, della chimica con la quale trattiamo il nostro cuoio capelluto e che a lungo termine logora la massa cerebrale. Un giorno scopriremo che il tumore al seno non è causato né da esaltatori di sapidità né da pesticidi, ma dalle ossa animali macinate contenute nei dentifrici. I fluoruri nei dentifrici, sosteneva Philip, infiammano la retina, per questo molta gente soffre di insonnia. In via profilattica chiudeva gli occhi nel pulirsi i denti.
Al Village Vanguard ordinarono una bottiglia di whisky. Dopo un quartetto di tango, Diamanda Galas salì sul palcoscenico vestita di una tuta di neoprene fosforescente. La sciamana che aveva digiunato mille inverni aprì la performance minimalistica al pianoforte con furiose interpretazioni dal *Futuristic Sounds Of Sun Ra,* jazz teleportato da catacombe interplanetarie. Philip era raggiante:
»Un miraggio per chi teme scissioni di personalità nell'ora del delitto. Le sue urla sono ultradark, qualcosa o qualcuno l'ha spinta alla follia, probabilmente un miserabile amante. Diamanda è la mutante che sorvola Lexington Avenue corteggiata da uno sciame di piromani, è la guardiana del Fuoco ed esaudisce ogni loro incubo.«
»Da quest'angolazione non riesco a scorgere in lei nulla di apocalittico. Parli di questa donna come fosse una figura uscita da cartoni animati«, disse Cornell.

»Da studente sgobbavo come domestico tuttofare alla Marvel e ho divorato tonnellate di fumetti, da allora è cambiato il mio lessico. Con Marvin Lee gioco ogni tanto a bocce.«
»Mmm…Che tipo è?«
»Esattamente come i suoi eroi d'inchiostro. Un cyborg rigorosamente astemio che rimugina senza sosta.«
»Saresti in grado di fissarmi un appuntamento con lui entro domani sera?«

*

Marvin Lee, il loquace, accolse Cornell al penultimo piano della Marvel Enterprises. Il suo ufficio era vuoto, sembrava fosse stato appena evacuato. Sul muro più largo era appesa una litografia dei suoi Superbastardi preferiti, radunati sotto la tavola protettrice del Silver Surfer.
»È così che mi immagino l'aldilà«, disse Lee, l'agnostico. »Come un ballo in maschera, e dietro le maschere i vincitori di tutti i duelli. Dai, scatta pure, riprendimi dal lato sinistro che è più perfido di quello destro.« Cornell scattò un rullino Ilford HP5 e chiese:
»Come è andata a livello personale con Edgar Hoover? La mia caporedattrice sta scrivendo un saggio su di lui.«
»Ma cosa vuole ancora scrivere sul quel culattone che non sia già stato scritto! Per Hoover eravamo comunisti spacciatori di droghe intenzionati a rendere dipendenti i giovani lettori. Ci trovavamo di fronte ad una armada di ossessionati dalla Bibbia e dall'adempimento di valori morali. Eppure quelle canaglie in veste talari avevano acclamato il lancio delle bombe su Hiroshima. Che schifo mi facevano, fuck them! Noi invece provavamo più ammirazione per Caino che per Abele, il messaggio diabolico era ben celato nei balloon. Il macabro ci attirava a tal punto che speravamo di venir governati da una confederazione occulta dopo il D-Day radioattivo. L'FBI ci considerava una setta satanica. Abbiamo allora inventato saltimbanchi muscolosi con chiome d'oro e dotati di

ventose, li abbiamo imboccati con sermoni da catechismo e il caso era chiuso. I censori si calmarono, creature del genere non esistono nella realtà. Noi americani non tendiamo al scetticismo, descriviamo avvenimenti complessi con una sola interiezione. Non abbiamo mai incendiato chiese ma neanche eretto barricate. Dopo due secoli non abbiamo né un vero partito di sinistra né un ministro della cultura. Il politicamente corretto ha eliminato il cinismo necessario ad infiammare le tavole rotonde, a lungo termine conduce al rifiuto della comunicazione verbale e allo sbranamento reciproco. Il banale viene drammatizzato, la freddezza emozionale riscaldata quel che basta per un singhiozzo. L'American Way of Life assomiglia alle pellicole di Martin Scorsese: fotografia perfetta, luci perfette, colonna sonora perfetta, dialoghi elementari e alla fine i cattivi crepano in pizzeria falciati da una sparatoria liberatrice. Ormai siamo ad una media di un centinaio di vittime di armi da fuoco al giorno, suicidi inclusi. Siamo il paese senza vita sociale che ingaggia cacciatori di taglie e festeggia i capodanni a Times Square nel divieto di bere e di fumare. Qui da noi la professoressa che vuole scopare con diciassettenni studenti consenzienti è condannata all'ergastolo, mentre il poliziotto che strangola un ladruncolo disarmato è assolto per legittima difesa. In nessun altro stato del mondo un minorenne viene condannato alla prigione perpetua senza speranza di libertà condizionale, deve marcire in cella, mentre un buttafuori ha il diritto di ammazzarti a pugni se si sente minacciato. Così è stato assassinato a Fort Lauderdale il miglior bassista di tutti i tempi, il cui nome purtroppo mi sfugge.«

Sul volo di rientro AF 019 diretto a Orly, Cornell cambiò spesso sedile tra il corridoio e i finestrini.

II

Julien era in piena avventura mediorientale. Le sue prime impressioni, annotate su foglietti di canapa, le aveva spedite a Parigi in busta *par avion* azzurrina. Rincorrendo l'estate aveva iniziato il suo periplo dalle piramidi e dai sacri templi, afflitto come ogni debuttante dalla sindrome di Stendhal, prototipo dell'estasi psichedelica letteraria. Gizeh e Luxor, scriveva, strabordavano di giapponesi su dorso di cammelli. Nelle località turistiche il paramilitare provvede all'obbedienza civica, i Fratelli Musulmani avevano di conseguenza rinunciato al golpe. A Beirut Julien aveva ballato di controvoglia la dabka con dei travestiti fastidiosamente inebriati e insistenti. Navigò poi a bordo di un catamarano fino alle epiche coste siriane e sbarcò a Jable. La sua lettera da Damasco, scritta con calligrafia risoluta, era una lode ben grassa ai reggenti alauiti: l'aria cristallina e i mercati ordinati, un popolo ingegnoso in campo culinario e che meriterebbe più attenzione da parte del purista. Dal Pakistan Julien aveva mandato la seguente lettera:

»La conquista dell'ignoto ne è valsa la pena. Ad ovest dell'Anatolia ho riscontrato sui volti dei muftì i segni primari caratteristici dei Fenici, Assiri, Mamelucchi, Numidi, Frigi, Maroniti, Sumeri, Yazidi, Ahl-e Haqq,

Bactriani, Zoroastriani e Beluci. Ho attraversato l'Iran, dove la camicia stirata è di rigore, su una Guzzi V7 rammendata, con in sella una tedesca di Lipsia, animalista e ginnasta, purtroppo senza un grammo di mistica nei geni. All'inizio inciampavo continuamente, per l'agitazione, sulla sua coperta termica; dopo una settimana dividevamo bicchieri e forchette, nel frattempo stiamo infrangendo ogni regola del buoncostume. È una di quelle bambolone in piena salute che a dicembre si vestono di sarong e corsetto di organza e che vedo scendere sulla scala mobile mentre io sto salendo dalla parte opposta. A Rawalpindi ci hanno sconvolti le condizioni igieniche. Temevamo le molestie della polizia come anche lo spaccio di armi dei conduttori di risciò, un kalashnikov wahhabita cambia proprietario per pochi chili di rame. Trovo l'islam in Pakistan pericolosamente fervido e corrotto. Ti abbraccio dalle arcaiche ippovie dell'Oriente.«

L'Oriente. Chissà dove inizia e dove termina.

*

Son Of A Gun! Hugo Malki in pigiama e pistola davanti al naso era foto del mese nel *La Plume*. La rubrica in calce era stata redatta dal guru in persona. Parlava di contrattacchi ideologici guantati di nero, di saccheggiatori dell'heritage imperialista:

»Dopo il punk ogni movimento subculturale è stato stroncato dai cannoni ad acqua. Il rock utilizzato da Jimi Hendrix come pura energia contro l'establishment bianco è caduto in letargo e nell'opacità. Dalle sue viscere è nato il dio della rabbia, ma gli accendimiccia di una volta, quelli che diffidavano dai buongustai, si rimpinzano ora di sfogliatelle al foie gras tartufato sui campi di golf. Le speranze che l'hip-hop aveva risvegliato nel Bronx si sono spente con l'omicidio di Tupac Shakur. Ma peggio di questa disfatta è il dover constatare che la gioventù di oggi, ammaliata dal mondano, non solo non rimpiange le rivolte Black Power ma neanche saprebbe come continuarle.«

Cornell era soddisfatto del feed-back. Annaffiò le faucarie e mise sul giradischi *Right Off*, forgiato da armaioli nella fucina della Columbia Records. Billy Cobham all'incudine, John McLaughlin alla flex, Herbie Hancock ai martelli, Miles Davis ai pistoni e Mike Henderson alla morsa. Quest'omaggio al pugile Arthur Jack Johnson, pesi massimi, andava inteso come una bomba incendiaria diretta a Hendrix, lui stesso vittima delle conseguenze a ritardamento del napalm.

*

Antoine ingerì un'aspirina e scaraventò la collezione di antenne di radioline nel patio. Lo sportello della sua lavatrice essendosi incastrato, lavava quotidianamente la stessa biancheria per impedire che ammuffisse.

»Dammi una mano a capovolgere questo maledetto apparecchio!«, chiese a Cornell. Ribaltarono la macchina, la maltrattarono con ogni tipo di bestemmia finché l'oblò cedette grazie a un semplice cavatappi.

Al Café Brazza ordinarono la bavette de flanchet con porri sottolio. La nuova ostessa offrì loro il digestivo.

»Ce lo ha versato con il contagocce, forse per antipatia«, notò Cornell.

»È vestita come una quacchera ma la sua chioma vale più del platino e i polpacci sono al dente. La trovo di un seducibile superiore alla media«, apprezzò Antoine.

»Porta le extension. Hai notato i calli ai piedi e le verruche sulle nocche?«

»Tipico di chi gioca a bowling«, concluse Antoine mentre decifrava con una lente d'ingrandimento i marchi sulle posate Ikea. Disse:

»A proposito, parto in Svezia insieme ad una cuoca taiwanese più alta di me. Destinazione fiordi, con una Lada Niva trasformata in modo da poter comodamente coricarsi dentro. Prenderò solo la canna da pesca e la marmitta a vapore per il riso, con un supporto per le verdure. Ci nutriremo a scopo catartico.«

»Vuoi dirmi che parti con una donna e non da solo?«, si meravigliò Cornell.

»Sì, un'anteprima. È attraente come una isterica eco-femminista ma in compenso adora il campeggio abusivo e sa come soddisfare gli uomini usando il minimo di applicazione corporea. Non la amo, ma quando infila o sfila la giarrettiera in quella maniera spudorata, quasi castratrice, voglio che rimanga a mia disposizione per sempre. Ma hai ragione, sondare il paranormale nell'aurora boreale è solo possibile farlo da eremita.«

Ad Antoine piacevano le donne con imperfezioni fisiche, coriacee ed addomesticabili con un fiore rubato, una coppa di champagne. In genere erano oltre i quaranta e compatte, quelle con gambe avvolte in collant le tallonava in trance fino in fondo al viale. L'importante era che non avessero le caviglie imbottite di grasso e che portassero una gonna, dato che lui, come d'altronde una gran parte di maschi scioccamente normali, era incapace di erezioni di fronte a pantaloni. Per le asiatiche faceva un'eccezione. Le taiwanesi gli piacevano particolarmente, benché più onerose delle pupe cinesi e in genere anche loro miopi e testardamente immacolate fino al conseguimento del diploma universitario.

Cornell pulì gli occhiali da sole e disse:

»Anch'io lascerò Parigi per qualche tempo ma sono indeciso sulla destinazione. Cipro o Malta, potrei giocarmela a testa o croce. Oppure scendere a Nizza per occuparmi di mia madre. Ultimamente faccio sogni nei quali mi rimprovera di trascurarla.«

*

Julien, sul sentiero dell'illuminazione, aveva spedito lettere da Lhasa scritte al fuoco di un caminetto:

»Rifugiati tibetani ci osservano dalle crepe delle mura, per loro siamo scalatori di montagne annoiati dall'agiatezza e alla ricerca di yeti assiderati. I cortei propagandistici contro il radicalismo della Repubblica Popolare sono pilotati da un alto numero di fedeli che scarpinano con una ciotola in mano e quel sorriso ebete alla Dalai Lama sulle labbra. In quanto consanguineo degli umanisti medievali diffido di tale fervore religioso. L'indipendenza a cui anelano non la otterranno con attentati zen ma con autopubblicità in prime-time per favorire le conversioni di massa. Il malessere tocca ogni fascia sociale, i monasteri buddisti si offrono dunque come delle sorprese Kinder. Per un alloggio e dei pasti gratis chiunque è disposto a seguire gli insegnamenti del taoismo. Le giornate si susseguono con brio.

Le scimmiette si intrufolano nella nostra terrazza, rubano frutta, noccioline, tutto ciò che è commestibile, ben consce che il vacanziere sopporta le loro impertinenze più del tibetano in esilio, che disdegna ogni forma di violenza ma le tratta a sassate. Da tempo soffriamo di tremori ininterrotti, potrebbe trattarsi di leptospirosi. Zanzaroni e altri tipi di volatili ci hanno attaccati con determinazione.

Sotto le Pleiadi abbiamo letto *Il libro del tè* di Okakura Kakuzo, ascoltando *The Sun Don't Lie* e altri brani di Marcus Miller con contorno di pollo e patatine, fritte nel forno a microonde da uno chef che ha raccolto trentamila ricette da pubblicare il giorno in cui metà dell'umanità si sarà atomizzata.

Trascorreremo l'agosto sull'Isola del Sud della Nuova Zelanda. La tappa successiva rimane ancora incerta, forse le foreste filippine, forse le paludi del Gange oppure l'inespugnabile Bhutan, il Paese del popolo felice, poco frequentato per via delle tasse di soggiorno elevate.

Ti abbraccio dal regno delle utopie sfumate nell'oppio.«

Trentamila ricette. Una specie di inventario della fame nel mondo e ciononostante cenato con comune pollame.

*

Il reportage sulla missione Shuttle fu pubblicato senza didascalie esplicative ma accompagnato da citazioni di artisti americani attivi in Francia.

»Tesoro, le tue foto diffondono malinconia«, notò Kinga. Si accese un cigarillo da 18 carati e si spalmò un liquido sui polsi.

»Profuma bene. Che roba è?«, chiese Cornell.

»Una lozione estratta da burro di mango e ylang-ylang, il fiore della voluttà. L'ho presa a Giava, pare abbia proprietà afrodisiache.«

»Tutte le lozioni dall'Asia hanno per noi europei proprietà afrodisiache. E dato che siamo in argomento: ho una gran voglia di andar via, di perdermi in foreste che nascondono totem, dove regna il politeismo, alle isole Marshall o nel Suriname. Voglio stregoni armati di cerbottane e afa con un'umidità del novanta percento. Voglio l'imprevisto. Hai mai visto un documentario sul Suriname? Credo sia un luogo spettrale concepito solo per i mappamondi.«

»Mio caro, lì vivono e muoiono solo cercatori d'oro e disertori, sono categorie invendibili ai nostri lettori. Ho pensato invece al prossimo summit della francofonia ad Erevan. Sarai tutelato da una delegazione del Ministero della Cultura, devi solamente partecipare a convegni di letterati e classificarli in un contesto che devo ancora focalizzare. La seconda opzione sarebbe una visita ben coordinata alle reclute femminili delle Israel Defense Forces. È un tema che mi sta a cuore ma che allo stesso tempo mi rattrista.« Lo sguardo di Cornell vagò su ogni oggetto collocato nell'ufficio e si incollò su un ritratto in bianco e nero che mostrava Kinga in uniforme delle IDF. Accanto a lei il camerata Menachem Begin. Bingo, pensò euforico.

*

Madame Fould, dittatrice eletta democraticamente alla cima dell'ufficio stampa presso l'ambasciata israeliana, era vestita di un insipido prêt-à-porter. Spiegò a Cornell in stampatello virtuale le pratiche burocratiche e sottolineò: »Lei deve esser costantemente reperibile, ripeto, cos-tan-te-men-te reperibile al numero di telefono del suo alloggio a Gerusalemme. L'accredito le sarà consegnato al Government Press Office, si trova in centro città. Ho inoltrato la sua domanda al GPO, di più non posso fare. La decisione finale viene presa in base a una rigida selezione, se lo può immaginare. Mi richiami dunque giovedì e le comunicherò l'esito.« Madame si girò verso uno scaffale e ne estrasse alcune lettere con intestazione, mostrando i polpacci diritti come candele attraverso lo spacco della gonna. Il tono della sua voce mutò dall'ironico al subliminale educativo:

»La smetta di guardarmi così, che mi mette in imbarazzo. E non creda di poter manipolare le nostre reclute come fosse alla fiera! I tipi come lei io li inquadro alla svelta, sa? Sono i guardoni del suo stampo che comperano quelle...quelle travel...insomma, quelle vulve sintetiche alla toilette degli aeroporti! Siete dei maiali, siete deleteri al morale delle nostre truppe!«

*

Kinga ebbe bisogno di un'unica telefonata in yiddish per persuadere l'amica Lawia ad affittare il suo appartamento nel quartiere poco folcloristico di Ir-Ganim. Cornell volò con El Al e bagaglio spartano.

Tel Aviv, Aeroporto Ben-Gurion. Agenti di sicurezza gli posero domande a tranello, più penetranti di quelle che gli avevano posto a Roissy e perquisirono la sua attrezzatura al plutonio luccicante. Dopo l'agguato inquisitorio gli accordarono il timbro nulla osta su un foglio che inserì nel passaporto. Salì poi in un pullmino che lo portò dritto alla Kikar Tziyon di Gerusalemme, una piazza sfregiata da pattinatori in-line. Bevve una birra, fumò una sigaretta e si recò all'Ufficio stampa statale che gli chiuse il portone in faccia alle 16 e 55. Dall'altra parte del portone un dipendente disegnò con l'indice riccioli nell'aria simboleggianti un *»We are closed now, come back tomorrow!«* Cornell fermò un taxi:

»In Nicaragua Street, per favore.«

»Mai sentita nominare«, abbaiò l'autista.

»Ir-Ganim Gimel. Subito dietro il Mount Herzl.«

»Uh, intendi nella tana dei Falasha, in territorio peccaminoso. Ci sarà da pagare un supplemento.«

»Per quale ragione? Fa ancora chiaro.«

»È zona calda. Gli etiopi sono schierati in bande, hanno ripudiato le nostre usanze, le nostre tradizioni, hanno imputridito il quartiere intero. Quella gentaglia mi fa ribrezzo, per questo c'è da pagare un extra.«

Dopo nove chilometri l'autista chiese l'indirizzo esatto.

»Nicaragua Street 112«, rispose il passeggero C.

»Ci troviamo nella Panama Street, poco più sotto c'è Guatemala Street. Nicaragua dovrebbe quindi essere lì in alto.«

»Ma non ha una piantina della città?« L'autista guidò su e giù per la serpentina, poi si infuriò di brutto:

»Siamo ora nella Nicaragua. Dove cavolo si trova il numero 112??«

»Con ogni probabilità tra il 110 e il 114, è così dappertutto.«

»Insomma, non sei in grado di indicarmi la casa in cui abiti.«

»Sono qui in qualità di ospite, la casa appartiene a una persona che non ho mai visto.«

»Ehh?? Mi vuoi far credere che abiti da gente che non conosci??? In questo ghetto di codardi che non pregano né per l'esercito né per le sinagoghe! Ma lo sai che per portarti fin qui ho lasciato raffreddare un piatto di trippe e ora pretendi da me di trovare casa tua quando neppure tu sei in grado di riconoscerla!«

»Come le ha fatte marinare le trippe, nell'aceto o in succo di limone?«

»Mi stai rincoglionendo!! Scendi dalla macchina, scendi subito!«

La placca del 112 era nascosta da ramoscelli. Cornell aprì la porta di acciaio, poi quella di legno corroso dell'appartamento a pianterreno. Le stanze erano basse ma spaziose, ammobiliate modestamente. Sul pavimento in calcare c'erano tappeti arrotolati, il baldacchino puzzava di paglia rancida. Disinfettò il bagno con varechina e riavvitò i fusibili. Pensò inizialmente che il vecchietto nel cortile, con più rughe in volto di quante ne avesse avute Chet Baker, fosse il demente di turno. Quando sbatté le coperte sul terrazzino il vecchietto gli si rivolse in un francese dei tempi delle radio a valvola:

»Lawia mi ha messo al corrente, ti aspettavo. Il mio nome è Edouard, con la E tenue, senza accento. Sono il tuo vicino, benvenuto a Geru.«

»Non conosco Lawia di persona ma mi ha reso un gran favore. Il suo appartamento è meglio di come lo aveva descritto.«

»È una lolita da sballo, con labbra polpose e un culetto a forma di mela, he he...Il tassista, poco fa, che razza di *enfoiré*, vero?! Son tutti così, dovrai abituartici.«

»La zona, qui, non gli piaceva molto.«

»Questa zona non piace a nessuno. È piena di galline ammalate e il gallo ha la cattiva abitudine di cantare puntualmente all'inizio della siesta. Tu piuttosto, cosa sei venuto a fare qui sopra?«

»Le andrebbe una chiacchierata in cucina? In fondo sono io che ho bisogno di informazioni.« Cornell gli preparò un caffè non filtrato e gli offrì sigarette senza filtro. Belga di Charleroi e *carolo* da generazioni, Edouard allungava le R come un cantastorie complessato da Jacques Brel. Dopo la morte prematura del padre aveva interrotto l'apprendistato presso un rilegatore di libri e dilapidò in Costa Azzurra il patrimonio ereditato insieme al fratello:

»Per rendere l'idea degli spacconi rubacuori bastavano, all'epoca, un paio di mocassini Berluti e una decappottabile. Eravamo spregiudicati, eravamo un gruppo di dormiglioni illusionisti ma ci godevamo con stile le studentesse a seno nudo in spiaggia. Conoscevamo l'arte di travestirci, di spender soldi per noi senza spenderli per loro, capisci? Eppure ogni mattino sentivo una lama che mi lacerava, mi mancava un compito preciso, un dovere. Ti confesso che per un attimo fui attirato anche dal gran banditismo pur di trovare un posto fisso nella società. Mio fratello aveva letto in qualche racconto di viaggio che qui cercavano manodopera, che il lavoratore ostinato e votato alla causa veniva rimunerato generosamente, che si praticava una sorta di libertinaggio moderato. Abbiamo allora attraversato il Mediterraneo e ci siamo sottoposti alla rieducazione sionista, imparando le regole basilari della balistica e della chimica agraria nelle confraternite senza gerarchie dei kibbutz. Conosci il proverbio? 'All'inizio siamo tutti cristiani, i più furbi si convertono al giudaismo'. Noi ci consideravamo particolarmente in gamba e ci siamo convertiti, ma andavamo in sinagoga come altri vanno dal terapista. Oggi viviamo ben distanziati dai rituali rabbinici. Dopo il tirocinio nei kibbutz prestammo servizio militare, escludendo così ogni possibilità di rientro in Belgio. Poco importa, la nostra gioventù era comunque terminata. Io davo lezione di pianoforte e fisarmonica, mio fratello faceva il clown negli asili. Mamma era fiera di noi, benché cattolica fino al midollo, con il rosario e tutte quelle cianfrusaglie. Pregava cinque volte al giorno in direzione di Lourdes, la truffa del secolo. Già dopo la sua prima visita alla basilica del Santo Sepolcro fu colta da dubbi. Adorare il Cristo, il Re dei Giudei come fosse carne di Dio, quando neanche gli ebrei ci credono, le parve una scemenza. Si è convertita ed è rimasta con noi, per via del boom economico e perché qui l'esaltazione del capitalismo a vantaggio della comunità non è un delitto, contrariamente alle credenze francesi. Avevamo molti compiti da portare a termine ed eravamo consumati dalle ambizioni. La bellezza delle donne era il nostro carburante, la nostra motivazione. E la rimane tutt'ora. Gli ebrei vengono in Israele da ogni parte del mondo per via dell'ottima reputazione delle nostre donne. È per loro e per la riunificazione di Gerusalemme che siamo in guerra con gli arabi. È così, punto. E te ne accorgerai a tue spese. Domani ti presento Thea, mia nipote. Sta cercando l'uomo giusto con cui metter su famiglia, ti piacerà di sicuro.«

*

Thea, assistente odontoiatrica, portava una permanente belle époque e pantaloni alla zuava. Faceva giochi di parole e passava da un concetto all'altro senza logica, imprecando ai passanti che blateravano sulla sua scollatura. Il lavoro la soddisfaceva, alcuni pazienti agiati la invitavano regolarmente in ristoranti esotici e poi all'opera. Thea, confessò con falso pudore, approfittava delle loro debolezze ma a volte gli approcci iniziavano già al preludio, così che i cavalieri trascorrevano il resto della serata nell'illusione di turpitudini rinvigorenti. Illusione che lei rendeva vane con suppliche da diva ingannata e che la obbligavano a calare il sipario prima dell'intervallo. Dopo il triviale small talk Edouard tolse il disturbo:
»Au revoir, ma louloute. Fatevi ottima compagnia l'un con l'altra. Io devo recarmi alla mensa popolare, sono già in ritardo.« Si inchinò per il baciamano e svanì nel labirinto di minigonne.
»Alla mensa popolare…Mi fa proprio ridere!«, vociò Thea. »Se ne andrà di nuovo in un sex shop o da quella ninfomane romana con i bigodini. È frigida fino agli alluci, noi la chiamiamo la puttana di Trevi, ha, ha! Una

volta l'ho sorpreso in sala da bagno con il clistere, aveva solo le calze addosso e lei che rideva e lo filmava con una cinepresa Super 8!«

»Trovo questa libidine salutare. Chi in età avanzata non vuole provare rimorsi deve coltivare i suoi svaghi notturni. Il rimorso è un bunker senza uscita, ti sotterra vivo«, notò Cornell.

»Di sicuro mi preoccupo inutilmente. Tengo molto a mio zio. Rappresenta una categoria di persone di poche pretese che non ribattono mai, camminano nei parchi con una mano nell'altra dietro la schiena. Sono cortesi, ti parlano a testa bassa e un giorno salgono su una scaletta e si impiccano.«

»Andiamo a mangiare nella Città Vecchia, io ho fame.«

»Ho fame anch'io e ho una voglia matta di cibo squisitamente disgustoso«, rispose Thea.

Ad una bancarella nel quartiere armeno ordinò tre hot dog con senape e scartò la mollica dai panini. Ebbe un accesso di tosse e disseminò miliardi di particelle di muco sul piatto di Cornell. Lui continuò a mangiare imperturbato, considerava l'atto come un tentativo di adescamento.

»Cosa ti ha detto Edouard a mio proposito?« Thea si passò rossetto e mascara, accentuò i contorni delle palpebre con kajal e si incipriò. Senza specchiarsi. Tosta, la louloute.

»Che vuoi sposarti.«

»Ho messo da parte un gruzzoletto, intendo aprire un ostello in qualche villaggio sulla costa. Quello che mi manca è un marito ottimista con avambracci da gondoliere, di più non chiedo. Da parte mia ho abbastanza da offrire. Sono autosufficiente, so cucinare cucina macrobiotica e vegana. Nei bilanci preventivi, sia casalinghi che in affari, non sbaglio mai i conti. E poi ballo bene. Ho anche vinto i campionati di mambo, ma all'epoca ero magra.«

»Bene. Non capisco dove risiede il tuo problema per trovare marito.«

»È che qui i maschi sono dei morbidoni viziati. Maschi ruvidi si trovano solo tra i soldati di carriera, ma quelli mi paiono intellettualmente limitati. Te che progetti hai?«

»Nessun progetto. Mi godo la villeggiatura su una zattera alla deriva. Se per caso si avvicina una caravella mi trasformo in bucaniere come i miei antenati e divido poi il bottino con la prima Miss Israele che mi cade addosso.«

»Capisco, hai l'indole del pragmatico. Tieni, è il mio biglietto da visita. Passa a prendermi domani quando ti pare.«

*

L'accredito gli fu vidimato al Government Press Office da un attaché in civile. Sulla scrivania Cornell intravvide il suo dossier di quaranta pagine stampato in Arial Narrow Bold. L'attaché gli consegnò il fotopass e lo invitò a pranzo nel vicino bar in gestione famigliare. Al bancone, una virago in tuta da ginnastica prese una fetta di torta, riempì la borsa Louis Vuitton di accessori Louis Vuitton e infine distribuì baci ai camerieri. Nel frattempo il tassista sul marciapiede caricò altre valigie di lei con monogrammi e lucchetti e sfrecciò via.

»Hey, fermate quel ladro, fermate quel maledetto ladro!!« L'attaché del GPO inseguì il tassista fino al semaforo e gli sbatté la fronte sul volante. L'agile virago lo raggiunse sfiatata, spergiurando fino a seccarsi la gola:

»Ridammi i bagagli, stronzo, o ti infilo il cazzo nel cruscotto!«

»Ti ho aspettato un quarto d'ora, specie di troia svampita! Se non vuoi perdere l'aereo paga 200 shekel in anticipo o allora tornatene da quei pederasti nel bar!«

*

Sul biglietto da visita c'era stampato: Thea Hermlin, c/o Dental Care Hermlin, Mea Shearim. Mea Shearim, il quartiere ultraortodosso dove i bambini educati sputano su ogni macchina fotografica puntata su di loro. Strano che lavorasse qui, tra i radicali autarchici in nero, perché anche Thea aveva ripudiato i precetti dell'Halacha. Una detonazione lontana fece vibrare la porta vetrata, il biglietto cadde sul kelim quando squillò il telefono.
»Ti chiamo dalla cabina nella Guatemala Street. Vieni a prendermi.«
Cornell gli venne incontro, lei lo baciò con l'impeto di una valanga. Neanche dieci minuti e la donna era stesa cold turkey nel letto.
»Le tue parti convesse profumano di mirtillo, le mutandine invece di liquirizia«, precisò lui.
»Spegni la luce sennò vedi le abrasioni sui miei fianchi«, disse Thea.
»Quali abrasioni?«
»Accarezza i miei fianchi. Lo senti come sono deidrogenati? E i sacchi lacrimali…Questi punti grigi qui li copro con una crema contro le emorroidi, è efficace anche per eliminare le pustole sulla mia schiena. Temo che la mia pelle soffra di invecchiamento precoce. Mi trovi robusta, vero? Tempo fa ho prenotato una crociera alle Andamanne. Quattro settimane sulle isole solamente per dimagrire, poi l'ho annullata per via del mar di mare.«
»Il mare è clemente, punisce solo chi si imbarca di malanimo.« Lei divaricò gambe e labbra, la sua dentatura pareva ossigenata da poco. Baciava con la gola intera, nei suoi baci più che passione vi era sete. E per quanto riguardava il sesso kosher era aggiornatissima.
»Su una curva da uno a dieci quanto ti piaccio?«
»Undici, chiaro. Ma non credo che basti per un fidanzamento.«
»Basta eccome! Il matrimonio basato sul mutuo desiderio carnale dura in eterno e aumenta la speranza di vita. È scritto nella Thora. Domenica andremo dai miei genitori, voglio sentire il loro parere su di te.«
»Thea, sii realista, ci conosciamo appena. Io poi sto

già male solo a pensare alle montagne di documenti che vagheranno da un ufficio all'altro per ufficializzare la nostra unione.«

»Con gli uffici ce la sbrigheremo, anzi, me la sbrigherò io, tu non ti preoccupare. L'importante è che mi vuoi come moglie. Adesso devo andare, ti richiamo dopo l'ora di aerobica.«

»No, lascia perdere, è inutile«, obiettò Cornell. Thea raccolse i suoi anoressizzanti nel beauty case e galoppò verso la porta:

»Vigliacco! Rinnegato!! Vigliacccccooo!!«

Il ventilatore gracidava come un blues di Willie Dixon.

*

Sulla lavagna della redazione del *Al-Ayyam*, quotidiano indipendente con sede nel settore est di Gerusalemme, c'era scritto *Any war has a limit*. Il correttore di bozze parlò con Cornell di questo limite e di altri limiti già oltrepassati, tendenzialmente riguardanti le distruzioni sistematiche di case perpetrate da Tzahal, le forze armate dell'usurpatore.

Quando un comunicato della Deutsche Presse-Agentur apparve sul suo schermo fece fatica a leggerlo, talmente gli sembrava mostruoso: »La Knesset ha discusso su misure drastiche da prendere per gli stranieri indesiderati nel nostro paese. I rappresentanti del Ministero del Lavoro propongono deportazioni e arresti di massa, incluso l'allestimento di campi d'internamento per lavoratori stranieri clandestini.« Il correttore scambiò opinioni con dei colleghi che avevano perso i nervi e poi si rivolse nuovamente a Cornell:

»Ogni crimine ha origine nell'odio. I popoli si combattono da sempre per gli stessi motivi, per paura o per odio. Gli israeliani agiscono per paura, noi per odio. Odio perché sparano ai nostri greggi, perché abbattono i nostri alberi, incendiano i nostri giardini. Ci vietano le sale di culturismo, rimuovono ogni segnaletica scritta in arabo, non abbiamo neanche il diritto di stampare libri. Tra non molto nascerà lo Stato palestinese, se Dio vuole, e i partigiani dei movimenti resistenti marceranno a testa alta qui nel settore orientale. Ma chi giudicherà i carnefici e gli aguzzini del nostro passato?«

*

»One poetry, one drink, one poetry, one drink…«, strimpellava Dafna al T'mol Shilshom, il bar dei bibliofili. Dafna, profilo azteco, collo da cariatide. Orecchini créoles pendolavano dai lobi ben carnosi. Si annodò il fazzoletto sui capelli e scarabocchiò su un foglio formato A4 i seguenti versi in corsivo con una stilografica:

You were staring at me
Like a cast of a play.
So I'll be your cast, keep staring at me.
I'm not the main character
nor the supporting actor.
I'm the backdrop scenery.
You set it on panels
Then move them a bit
You turn the sound on,
You change the light
You switch it to red
Or beyond violet.
At the end of the play
You can tear me down
And replace me with dust.

Dafna piegò il foglio e lo collocò sotto la Nikon F3.
Cornell ordinò un doppio cognac, intuendo che lei lo avrebbe bevuto di un fiato. Dafna si giustificò, l'alcool infondeva un po' di esoterismo nelle sue poesie. Disse che veniva in questo locale dedicato alla letteratura per migliorare il suo inglese con i turisti.

»Sono nuovo a Geru e ho bisogno di una guida. Ti ingaggio a qualsiasi condizione«, le intimò lui. Le fece portare ancora un cognac e delle tartine per ammorbidirla.

»Buona idea, cominciamo dal suk nel quartiere arabo. Devo andarci comunque, e da sola trovo sempre qualche ossesso che mi abborda spiattellando sentimenti sciropposi e balle varie. I più tenaci sono i musicisti ambulanti, uno di Indianapolis mi ha anche molestata. Porta scarpe da pallacanestro bianco-stridente ed è persuaso che la prossima Intifada si potrà sventare con il tantra e la Gibson di Wes Montgomery.«

Nel suk Dafna comprò un lenzuolo di broccato color tintura di iodio.

Scesero verso il Montefiore Windmill, punto di ritrovo delle coppiette che non possono permettersi una dimora per conto loro.

»Potremmo trascorrere la serata qui sull'erba. Vado a prendere dei sandwich e qualcosa da sgranocchiare, non so, magari una noce di cocco«, le propose Cornell.

»No, il terreno è umido e dappertutto strisciano bestioline. Facciamo spesa al mercato e poi una passeggiata fino a casa tua, così ci arriviamo veramente affamati.« Dafna lo prese per la vita e si diressero al Mahane Yehuda Market.

Cucinò melanzane e polpette di broccoli e feta, servendosi ogni tanto un bicchiere di chardonnay finché fu colta da emicrania e vomitò nel lavandino. Una labile preda. Cornell le sollevò la gonna mentre schiacciava noci.

A notte fonda Dafna balbettava versi incomprensibili fino a svegliarlo.

»Ti ho lasciato fare ma non credo che tu abbia goduto del mio corpo…Mi vergogno un po'«, sospirò lei.

»Consideralo un gesto temerario, non mi aspettavo così tante affettuosità da parte tua.«

»È l'influenza di mia madre, soffre del complesso del samaritano. La sua volontà è sottomessa al desiderio del maschio. Quando ero a scuola scrivevo io le lettere che lei inviava a stupratori seriali. Diceva che solo una donna insaziabilmente votata alla disciplina è in grado di redimere criminali patologici. Era intrigata da un oculista che aveva strangolato e seviziato una baldracca bulgara, in questo ordine. Con una sega circolare ne aveva poi tranciato il cadavere a pezzettini e buttati nel gabinetto. Un lavoro pulito. A me gli uomini, i contatti fisici con loro fanno a volte schifo, riesco a raggiungere l'orgasmo anche solo guardando il firmamento. Dimmi che sono carina.«

»Hai i polpacci di una trapezista. Sei molto più che carina, sei bella da sconvolgere«, sbadigliò lui. Dafna si coricò di traverso sul letto e si coprì con il lenzuolo di broccato.

»Sono anche gentile, ma impulsiva. Che ora è?«

»È ancora presto. Lasciami dormire fino al canto del gallo.«

»No! Ci alziamo e partiamo immediatamente a Tel Aviv, ho un appuntamento.«

Nel bus erano seduti militari di ogni colore, tirati al burro per una festa techno open-end. Il viaggio terminò al Levinsky Park, non proprio il luogo che promette rivelazioni divine. Dafna canticchiava anche in questa baraccopoli tenuta insieme da spacciatori e graffiti. In Nemal Yafo, al porto, abbracciò un invalido con cicatrici da acne e cuffia da bagno. Il suo labrador stringeva in bocca qualcosa che assomigliava ad un frisbee o ad un granchio appiattito. Dafna sgridò il cane tenendo d'occhio l'invalido che ruttò in carta scottex e poi svuotò una lattina di limonata sui piedi di lei. La sua reazione fu una ghigliottinata:

»Addio, Cornell. Il nostro incontro non è valso a nulla.«

*

Un pomeriggio di domenica Tzahal uccise a Gaza una settantina di giovani palestinesi disarmati che si erano »minacciosamente avvicinati alla frontiera«. Tiratori scelti ne avevano storpiati altri duemila, rendendoli così inabili alla resistenza. Ad ogni angolo ci si augura »Shalom!« ma cosa ne sa di pace una potenza occupante sbruffona e assuefatta alla guerra come quella israeliana. La pace sociale, universalmente basata sulla fiducia reciproca, è percepibile in Israele solo nei villaggi lontani dalle grane della capitale, dove gli abitanti si rifiutano di pagare più di uno shekel per del budino industriale. A Gerusalemme, roccaforte delle sofferenze monoteistiche, il Likud gettava olio sul fuoco. Con la proposta di costruire un *muro della onta* più alto della moschea al-Aqsa il partito generò odio tangibile. Nei quartieri est dell'Indivisibile bruciavano pneumatici, lanciatori di pietre in età scolare furono incarcerati, un fotoreporter ucciso da cecchini.

A Tel Aviv, invece, il nonsense patafisico va di pari passo con l'apostasia anticostituzionale, la quotidianità trascorre nel vizio. Qui prevale la necessità di ammortizzare le fatalità con metamfetamine che portano al glorificare il voyeurismo metrosessuale e gli accoppiamenti depravati. La brunetta con unghia laccate, assorta nel cruciverba su una panchina del Rabin Square, si raddrizzò quando vide Cornell sogghignare:

»Miss, posso farle una foto souvenir?«

»Dipende da che tipo di foto hai in mente.« Ben preparata la piccola, evidentemente conosceva i raffinati trucchi dei paparazzi.

»Voglio una contrastante composizione intorno ai suoi polpacci. Lei sdraiata, le gambe incrociate una sull'altra e nello sfondo, ben nitidi, quei muratori laggiù sull'impalcatura.«

»Grazie, ma trovo i muratori troppo villani qui.« Lo smalto verderame sulle unghia dei piedi armonizzava con il giallo margherita dei suoi infradito. I duroni ne tradivano l'estrazione sociale.

»Lei è del posto o un'aristocratica espatriata?«

»Tedesca di Ulm, senza albero genealogico e al

servizio della Mercedes-Benz. Mi chiamo Viktoria.«
»Cornell, di Parigi. Molto lieto.«
»A Parigi non sono mai stata. Solo nel sud, ad Antibes, per dei corsi accelerati di francese. Oggi va molto più lo spagnolo, una lingua utile unicamente in quei paesi cattolici d'oltreoceano ad alta criminalità. Cosa fai qui?«
»Spreco tempo in luoghi interessanti e questo è uno tra i più interessanti. Sono spesso in Germania, l'influsso di Berlino ha colpito anche me. Amo il suo underground digitale e la fonologia anseatica. Inoltre vado matto per la cucina bavarese. Ma per quanto riguarda la vostra classe dirigente la trovo troppo modesta, come dire, troppo effeminata, ecco.«
»Abbiamo un debole per i deboli di carattere. Questi machos taurini, come se ne trovano nei parlamenti mediterranei, da noi sono malvisti. Macho suona come machiavellico, come machete. No, guarda, nulla da fare, a costo di farci deridere da arabi e russi. Come sono i politici francesi, meno vulnerabili?«
»Direi più umani. Recentemente una deputata ha partorito dei gemelli e annunciato live in televisione che il padre non è nessuno dei suoi otto amanti…C'è almeno qualcuno nel Bundestag che ogni tanto si incazza di brutto quando Israele bombarda decine di case solo perché Hamas ha sequestrato un piscialetto delle IDF?«
»La Nuova Sinistra fa ostruzionismo, mentre i socialdemocratici disapprovano col sudore sulla fronte, attenti ad evitare passi falsi, benché siano proprio quelli che avvicinano i politici alla gentaglia. Se un palestinese a Berlino attacca un israeliano a colpi di cinturone i conservatori dibattono increduli sulle ignobili cause del moderno antisemitismo ma si ammutoliscono quando gli Israeliani ammazzano in un solo pomeriggio un'ottantina di palestinesi disarmati. Per Berlino la sicurezza di Israele è ragion di stato. Il popolo la vede diversamente ma le obiezioni vengono scartate, la libertà di espressione sul conflitto è fortemente limitata. Mostre fotografiche sulla situazione a Gaza sono state vietate perché giudicate di parte. Malgrado le centinaia di risoluzioni ONU infrante da

Israele e malgrado le guerre che ha tramato gli vendiamo sottomarini nucleari con sconti abissali. Senti, cambiamo argomento, voglio integrarmi in questa società complessa al di fuori del discorso politico. La Mercedes prevede di aprire a Tel Aviv un autosalone di dodici piani, io sono l'addetta alle indagini di mercato in fase propedeutica, ma prima della valutazione dei dati mi ci vorrà del tempo.«

»È già stata sul Sinai?«

»No. Solo una gita fino ad Eilat.«

»A me piacerebbe recarmi sul lato egiziano, dove l'ospitalità è standardizzata come da protocollo.«

»Il Shabak sconsiglia al momento ogni escursione oltrefrontiera.«

»Questo è allarmismo concertato apposta per generare sentimenti patriottici. Una tattica sviluppata dagli americani, testano volentieri la loro mania di sicurezza all'interno di circoli complici. Questa sera alle 20 alla Central Bus Station, d'accordo?«

»D'accordo.« Viktoria si morse il labbro inferiore come per sgominare eventuali dubbi.

»Posso scattare le foto adesso?«

»Sì, ma fai in modo che il mio volto rimanga appannato, per via delle rughe.«

Nel pullman per Eilat avevano preso posto hipster aromatizzati al chinotto di Liguria e altre creature rapaci, vagabondi senza dio né orgoglio, sociobiologicamente parlando un'etnia alquanto inesplorata. Attraversarono terre aride che valgono meno di una cartuccia a salve ma per le quali si lotta da barbari dal 33 d.C. Viktoria si era addormentata dalla noia, Cornell osservava non-stop una soldatessa con magnitudine toracica ipersonica.

Alla frontiera di Taba salirono in un taxi. L'autista mostrava segni di affaticamento e guidò a tratti a zig-zag, ma apparve sveglissimo non appena Viktoria, sul sedile anteriore, fece un movimento incontrollato con la gamba e lo sfiorò in modo impudico. Lui diede gas manovrando sia con il mento che con i gomiti. Spense poi i fari, fece alcune virate in mezzo alla strada e si azzardò in gimkane tra ostacoli immaginari. Ad ogni urto invocava l'aiuto dell'Infallibile. Lei lo spinse contro il finestrino e lo coprì di maledizioni in svevo, mentre lui ridacchiava, la sfotteva per le sue »uàs! uàs!«. Poi frenò a secco e si scusò. A Tarabin vennero aggrediti da mercanti con lampade ad olio e invenzioni africane. Il tassista si scusò nuovamente e li portò al cospetto del califfo, il cui compito è quello di trovare bungalow disponibili per infilarci turisti inesperti prima che commettano atti haram, tipo fare il bagno nudi nel mare o fumare hashish con i balordi locali.

Il califfo parlava tutti i dialetti svizzeri. Accolse gli ospiti come un maggiordomo e fece riscaldare lo spezzatino di agnello ai rametti di timo. La sua guardia del corpo si portò garante per l'incolumità di Viktoria e le regalò un fiore modellato con carta stagnola Marlboro. Lei ringraziò con uno stentato »Shukran«, svuotò il piatto e pretese un letto ad una piazza con materasso mollo.

»Ho delle fitte al bassoventre, non farti aspettare«, bisbigliò lei all'orecchio di Cornell.

Quando lui entrò nel bungalow i loop delle lucertole sui muri si fecero impetuosi. Viktoria era sdraiata sul letto a travi, ricurva su sé stessa per rimuovere lo smalto dalle unghie. Non vi erano tracce di malessere sul suo volto.

La Sveva si dileguò nell'aurora lasciando dietro di sé mutandine e reggipetto in cotone biodegradabile. Nel villaggio correvano voci ostili: mercanti mattinieri avevano visto la donna piangente dirigersi in autostop in direzione di Nuwaiba. Una fatamorgana, sicuro. Forse aveva offeso qualcuno in maniera così malvagia da essere stata costretta a fuggire. Cornell chiese consiglio al califfo, dell'eterno femmineo ne aveva ormai le scatole piene. E il califfo parlò:

»La cosa migliore per te è nasconderti in un posto dove sarai in solitudine. Ti porto in una capanna dal mio amico Tarek, è situata in una baia dove potrai dormire a cielo aperto e riconnetterti con Madre Terra.«

*

Tarek – maglietta nera Armani, charme da funambolo carnevalista – possedeva le chiavi della felicità materiale: quella di un Land Rover Defender, di una Honda CB 750 Four e quella di un motoscafo Riva Aquarama. Guasto, ma pur sempre un Riva. Tarek era insopportabilmente bello e scopava solo con israeliane dalla pelle bianca che venivano lì ogni weekend. Il suo regno consisteva in poche palafitte intorno a una tenda da circo che funzionava sia da cucina che da bar. Mancava una linea telefonica e la corrente elettrica, le provviste e tutto l'occorrente per le giornate da ozio arrivavano ogni mattino col furgoncino da Taba. Unico vacanziere pagante era un contrammiraglio lettone che soffriva di una forma leggera di agorafobia. Cornell trovò in lui un alleato dello stesso rango, non c'era nulla da chiarire, nulla da sbrigare. Insieme trivellarono le coste con scafandri da palombaro e si nutrirono di fitoplancton. Per incentivare le fibre muscolari si allenavano con le fasce elastiche immersi nella sabbia.

L'ottava serata portò nuvoloni carichi di pioggia. Tutti esultarono tranne il cuoco, che si lagnava, gesticolando, del padrone:

»Mio coltello rotto, non posso tagliare bene. Tarek non compra uno nuovo, uso forbici. Piatti pieni di grasso perché acqua troppo fredda per lavare. Bottiglia di detersivo é vuota. Tarek è cattivo, molte volte lui è molto, molto cattivo con me.« Cornell gli offrì il suo coltello da caccia e promise di procurargli del detersivo. Il cuoco prese il coltello, lo guardò inebetito e gli sbatté in faccia il suo intero curriculum vitae:

»Adesso tu fratello di sangue con me per sempre. Io Adnan. Io parlo con te, tu ascolta.«

Adnan, libico di nascita, aveva sposato un'egiziana e parlava un italiano tramandato dai nonni colonizzati. Tutto quello che sapeva cucinare lo aveva imparato in Umbria, specialmente la parmigiana di asparagi e la galantina, lì era imbattibile. I piatti-base italiani, spiegò, si propagano da sé perché costituiti da ingredienti color bianco-rosso-verde, come la bandiera. Gli italiani gli piacevano perché al contrario dei francesi, gentiluomini dall'animo tenebroso, di fronte alla miseria reagiscono con clemenza e comprensione. Adnan chiuse il monologo con la mano sul petto:

»Io vado a Tripoli a settembre, per la grande festa di rivoluzione. Se tu vieni tu stai a casa mia ospite.« Cornell accettò l'invito e lo annotò nell'agenda. In quel momento giunsero dei beduini che legarono i dromedari all'abbeveratoio. Il cuoco accese un falò e tutti si sedettero su del cordame. Dopo numerose tazze di thè i pettegolezzi del Sinai rallegrarono gli animi e circolavano spinelli lunghi trenta centimetri. Tarek arrotolò la kefiah e si rivolse ai forestieri europei:

»Amici miei, stiamo fumando ciò che vi è di più salutare e puro che cresce nelle nostre oasi. Tra non molto vi immergerete nelle fonti del Nilo, nella sorgente che tramuta i venticelli in uragani. Che nessuno si azzardi a opporre resistenza! Rilassatevi, mantenete la calma finché vi appariranno i Tritoni ed eseguite i loro ordini, sennò l'undicesima piaga si abbatterà su di noi.«

I beduini presero l'oud e il tabla, suonarono varianti del khaleeji con una intensità tale da frantumare i paradigmi delle tonalità accademiche. Placente incuneate in mangrovie, scintille di embrioni sottovuoto, cicloni generati da miliardi di eiaculazioni. I Tritoni apparvero dalla litosfera di metalli nobili. Il loro capo disegnò nella sabbia undici sillabe dell'alfabeto dei figli di Horo e disse:

»Le sillabe sono avanzi della Sacra Formula e devono essere accoppiate a geroglifici nel loro carattere fonetico. Se li ordini nella maniera esatta otterrai, povero maschio sterile, la pozione che ti renderà fecondo.«

Cornell Loránt Bàtory fece un tuffo nei flutti sismici e nuotò fino alla Sfinge di Gizeh, solo lei conosceva la soluzione. Appena le si inginocchiò di fronte si accorse della propria stupidità. È lei, la Sfinge, l'inventrice della Formula, è lei che lancia i dadi, che invia i Tritoni. Cornell si arrese, angosciato come in previsione di un volo di bungee nel buio.

Quando riprese i sensi, mezzo nudo e trepidante, il sole si arrampicava sull'orizzonte. Amareggiato, trovò infine una posizione dignitosa nella tenda. Tarek, il druida ancorato ad un tutt'altro cirrocumulo di alterazioni, gli porse un bricco rovente e disse:

»Bevi, è latte di mandorla con estratto di ginepro. Ti scaccerà gli insetti dal cervello.«

Il trip era terminato. Cornell ripartì per la frontiera col furgoncino, solo adesso si accorse che non aveva annotato l'indirizzo di Adnan, il cuoco. Appena fatto benzina a Ras-al-Satan, un accampamento white-trash-reggae famoso anche in Giamaica, il furgoncino si arrestò con fragore.

»Gottachekdamota. Its life is vanishing«, disse l'autista munito di cric e di un mazzo di chiavi a brugola.

*

Alle 14 del giorno dopo si presentò dall'appuntato Yoav, sua guida affidatagli dall'ufficio stampa, che gli lesse il modo di impiego con un dito sul grilletto:

»Mister Bàtory, faremo del nostro meglio affinché lei possa lavorare senza intoppi. Da parte sua esigiamo che non citi cognomi e che non utilizzi dittafoni o altri apparecchi registratori. Fotografare numeri di serie, targhe, insegne ecc. è vietato, come anche utilizzare le cabine telefoniche all'interno delle caserme. L'inosservanza di una sola di queste regole comporta il ritiro dell'accredito. Mi sono spiegato bene? Perfetto. Allora possiamo partire per Ramla.«

Una volta in macchina Yoav cambiò tono di voce, diventò piacevolmente loquace. Prendendo spunto dai suoi genitori, attori di teatro di varietà provenienti dalla poco biblica Kiev, fece un'impennata sulla sensualità delle francesine. La sensualità di Emmanuelle Béart ad esempio, le cui cavità poplitee profumano di Dior: ecco ciò che conta veramente, non la stramaledetta situazione in Cisgiordania! Oltre che con la spudorata Béart Yoav era legato alla Francia attraverso la narrativa dei romantici e di altri melancolici dell'Ottocento sfigurati dalla sifilide. Lo aveva capito in seconda liceo leggendo un libro di Balzac che gli provocò una gioia intensa sul cammino verso il bordello:

»Ai tempi di Balzac, gli artisti e i poeti senza dimora fissa si ritrovavano nei bordelli per ridefinire il puritanesimo. Da quando la Francia li ha fatti chiudere è diventata più casta dell'intero Utah. Un popolo che una volta ha combattuto la morale ecclesiastica si è trasformato in un gregge di cresimandi. La classe operaia ha varcato la sponda, vota a destra per mancanza di perspettive, sapendo che non può contare sui vostri altezzosi politici occupati ad esaudire i desideri della borghesia. Si illudono di poter offrire appoggi ideologici ad una teocrazia come quella israeliana, paradossalmente strutturata secondo leggi socialiste.«

»Israele è sostenuto da intellettuali arciclericali e dai Nouveaux Philosophes che entrano ed escono dall'Eliseo senza alcuna convocazione ma tengono discorsi pieni di astio subliminale contro musulmani e arabi. Quel polemico di Houellebecq si rallegra ogni volta che Tzahal ammazza un palestinese. Malgrado le accuse di incitazione alla violenza contro i musulmani è un regolare candidato ad ogni premio letterario.«

»La sinistra francese è inaffidabile. Poco tempo fa la presidentessa di un partito trotzkista ribadiva che è la stessa Tzahal a lanciare razzi su territorio israeliano disabitato per poi giustificare azioni di rappresaglia bombardando la popolosa Gaza! Una teoria meschina, eppure un quarto dei tuoi connazionali ci crede. Siete stravaganti, i vostri campi visivi mi paiono troppo larghi.«

»Nel diciottesimo secolo gli illuministi esigevano più *nonchalance* secondo parametri meridionali. Balzac parlò più tardi di *disinvoltura* e il suo campo visivo parve troppo largo anche ai suoi fratelli di penna.«

»Per la sinistra francese tradizionale Israele è una forza occupante sempre disposta a scagliare la prima pietra.«

»O a lanciare la terza bomba atomica.«

»La bomba atomica ci spetta di diritto. In fondo l'abbiamo fabbricata noi, è il nostro capolavoro, la prova della nostra volontà di mantenere una pace unilaterale. Ci troviamo in stato d'emergenza dal 1948. Quando fu stipulato l'accordo di Oslo avevo ancora un'opinione flessibile sul conflitto. La collera dei palestinesi verso di noi, una forza occupante, mi pareva un sentimento legittimo, a volte mi facevano anche pena. Eppure ogni popolo vinto prima o poi si arrende per estenuazione, solo i jihadisti continuano la loro lotta, poco importa se li teniamo reclusi senza processo o quante case radiamo al suolo. Non temono la morte, questa è la loro arma più efficace. Israele è una caserma gigante ma i suoi abitanti sono disuniti. C'è una frattura tra i politicamente poco influenti mizrahì e gli ashkenaziti come me, elitari dell'est europeo che hanno fatto sorgere Israele e costituiscono la gran parte degli ortodossi. Odiamo gli arabi perché anche i nostri genitori li odiavano, perché diametralmente opposti alla nostra fisiologia. Il nostro odio verso gli arabi ha la sua origine nelle repubbliche sovietiche. Questa frattura è il vero ostacolo al processo di pace bilaterale. Gli immigrati ortodossi costruiscono insediamenti coloniali high-tech e recinti elettrificati nei territori occupati mentre i populisti di destra incoraggiano i nazionalisti. Entrambi nuocciono alla nostra democrazia.«

»Il Likud ha addirittura vietato l'ingresso in Israele a Noam Chomsky e a Norman Finkelstein.«

»È un precedente da piangerci sopra. In realtà solo il Jewish Underground della diaspora può salvarci, qualche movimento rinfrescante come il flower power o il Tijuana Sound degli anni 60.«

*

Camp Mitkan Adam, in una vallata ignorata dalle cartine geografiche. Yoav parcheggiò all'ombra della Menorah di marmo. Un luogotenente chiese loro di firmare alcuni fogli e li presentò ad un'unità di reclute femmine in tuta mimetica. Cornell trascorse molto tempo ad osservare da lontano gli esercizi di lancio di gas lacrimogeno e di accostamenti al nemico. Fu solo quando ebbe la certezza di essere diventato invisibile che iniziò a scattare foto. Prima le sportive rampicanti, poi le angiolette mestruanti sedotte dalla virilità del mitra, le pin-up camuffate da cannibali e infine le languide figlie di colonialisti con apparecchio ortodontico. La maggior parte di loro era da collocare tra le incantevoli introverse e le coccolone dalla parlantina asfissiante. Nessun generale oserebbe mandarle sul fronte, neanche per volontà di Yahweh. Erano poche a sfoggiare la tenacia da combattenti, ben cesellata nello sguardo malgrado le sopracciglia sfoltite con premura.

*

In mezzo al cimitero aeronautico, tra Kiryat Gat ed Ashkelon, la sergente Yfaat: già solo per le sue lentiggini il viaggio era stato appagante. Oltre a lei vi erano addetti alla manutenzione e matricole senza precise mansioni.

»Qui deve esserci un malinteso. Nel briefing si parlava di squadriglie di ricognizione e di divisioni di carri armati operativi«, protestò Cornell.

»È scattato purtroppo l'allarme rosso e dobbiamo riprogrammare«, rispose la seducente Yfaat.

»E cosa significa?«

»Significa che da adesso fino a nuovo ordine c'è il divieto di filmare e di fotografare, tranne su questo piazzale. Penso che ci vorranno almeno quattro ore prima che la missione sia terminata. Sulla piattaforma lì in fondo abbiamo degli F-15 e un elicottero Kiowa; è in avaria ma non è un'imitazione di cartapesta, potremmo utilizzarlo come sfondo.«

»Non mi aspettavo un campo disertato, in questo caso dobbiamo improvvisare. Dovremo simulare e se voi due fate da comparse mi va bene anche così.«

La sergente sorrise compiaciuta e calciò una tanica di cherosene dentro all'obiettivo 24 mm. Yoav violò la sua distanza intima e la baciò con la lingua, palpeggiandola viscidamente, per lunghi minuti. Guardava dentro la Nikon e faceva occhiolini di connivenza. Sono fotografie del genere che un giorno scagionano anche i comandanti più crudeli.

*

L'emittente radiofonica Galgalatz a Bnei Berak, a nord-est di Tel Aviv, trasmetteva di gran lunga le playlist più sofisticate di tutta l'Asia Occidentale. I tatuaggi delle signorine reclute impiegate negli studi, a seconda delle dimensioni e dei motivi, rendevano una vaga idea della gerarchia. La caporale Orli ne aveva uno minuscolo sul collo che rappresentava il suo nome in ebraico, "la mia luce". Ogni mercoledì alle ore 23 narrava al microfono storie d'amore inviatele da ascoltatori di ogni sesso. In occasione dello shooting Orli aveva ingaggiato una truccatrice, adesso giocava con i suoi riccioloni posando come una Pietà dei pennelli dadaisti. L'angelico in lei cedeva al bagliore dei talenti del jazz che emanavano i poster incollati alle pareti. Come di consueto aveva scelto composizioni strumentali, tra le quali *I Feel It In My Bones* di Lou Donaldson e *Off The Wagon* di Tubby Hayes nella loro intera durata. Trovava Tubby molto attraente con quel trench giallo-cadmio che portava sulla copertina. Orli era saltuariamente corista nell'Orient House Ensemble di Gilad Atzmon, allievo di Charlie Parker e critico dell'ideologia etnocentrica giudaica, dunque bandito da tutte le stazioni radio.

Orli aveva imparato presto che l'avvenire di una bella donna dipende anche dalla modulazione di frequenza della voce, trattava le sue corde vocali con miele turco bollito nell'ayran. Dalla sua bocca ogni imperativo suonava come uno sparo di avvertimento che rimbalzava sul mixer e si conficcava in tripla spirale nella parete divisoria in plexiglas.

Orli. La luce magnetica.

*

Il passeggero che a bordo di un taxi regolare vuole recarsi a Ramallah il più rapidamente possibile viene condotto attraverso la Route 437 fino al Qalandiya Checkpoint e scende incolume un paio di incroci più in là. Cornell scese in vicinanza della cancelleria dell'OLP e andò diritto al Milestones Coffee Shop, una stamberga arroccata su del pietrame bombardato. Qui i redattori dell'anticonformista *Haaretz* ritrovano i loro confratelli arabi appisolati sul backgammon per scambi di vanterie. Depose le sue macchine fotografiche sul bancone e ordinò una pinta di Taybeh, birra prodotta in loco. Un mingherlino con lecca-lecca gli si sedette accanto e aprì il suo portfolio:

»Hey, tu, giornalista! Devo consegnare questo lavoro che ho chiamato *Dal Barbiere* ma nell'intera Cisgiordania si trovano ormai più parrucchieri che rullini fotografici. Potresti vendermene alcuni?« Cornell annuì e gliene regalò una stecca. Lo studente ringraziò e gli fece notare che anche lui, Cornell, avrebbe avuto bisogno di un taglio di capelli alla moda, un taglio scolpito con rasoio a mano e spruzzata finale di borotalco. In Medio Oriente, spiegò, si va dal barbiere anche quando non ce n'è bisogno, giusto per ammazzare la noia. Fu così che entrarono in confidenza. Una volta conseguito il diploma all'Accademia delle Arti il giovane era ben inteso a partire in Inghilterra, il visto se lo era già procurato. Soldi in tasca ne aveva abbastanza, disse, almeno fino al prossimo ramadan. Sognava delle feste negli ambienti della Londra perbene:

»Trovo quei bacini-bacetti rivoltanti ma voglio entrare nel campo della moda ad ogni costo, così imparo come comportarmi con le donne e spostarmi a tappe verso la fotografia di nudi. È il modo più veloce per esplorare la hardware femminile con le sue trecentoventicinque zone erogene. Se fallisco mi sarò almeno divertito con qualche modella. Credo nella legge del karma, comunque vada non ritornerò mai più qui. Lo giuro!«

*

Nella città di Jericho, la fragrante, governata rigidamente da palestinesi, le autorità avevano un problema con il calo quasi totale di turisti. Il casinò era chiuso dall'inverno scorso per carenza di giocatori stranieri, il genio civile aveva dunque deciso di sfruttare la crisi per incatramare le strade. Si poteva ora fotografare liberamente, senza i soliti pantaloncini bermuda che ti attraversano l'obiettivo. Cornell aveva appena avvitato la Nikon F3 sul treppiede. Il primo click! echeggiava ancora quando gli si avvicinò un venditore di palloncini gonfiabili che sistemò gli auricolari nelle orecchie e coprì la Nikon con la sua kefiah:

»Amigo, qui le macchine fotografiche danno più nell'occhio di un tanker arenato.«

»Lei è il signor...?«

»Tranquillo. Solo una formalità. Fammi vedere cosa c'è scritto...*La Plume*. Sei spagnolo?«

»Di Granada, la città con l'Alhambra.«

»Sì, sì, il fandango, le zarzuela sui piazzali delle chiese, famose...Peccato che io gli spagnoli non li posso soffrire. Ho visto con i mie occhi come i cacciatori, quegli hijos de puta madre, torturano i loro segugi a fine stagione. E cosa dire delle corride, degli spettacoli con le orche a Tenerife?«

»Concordo, eccome. Sono anch'io affascinato dai toreri ma disdegno la corrida per una questione di etica. A proposito: sull'armonia dei rapporti tra i musulmani con i loro animali domestici pubblicheremo nuove statistiche.«

»Stai calmo, amigo, fai lo sciolto. Cosa significa *La Plume*, è la tua agenzia?«

»No, una rivista per soli uomini della colta borghesia. Nel prossimo numero tratteremo del modal jazz come filone dottrinale presso l'avanguardia iraniana e della necessità di una rivoluzione sessuale nei paesi arabi.«

»Non abbiamo bisogno di rivoluzioni, amigo, abbiamo abbastanza grane anche così. Dunque sei freelancer...«

»Sì, mal pagato e male assicurato. Ma prima o poi mi presenterò anche io come i miei colleghi dell'AFP, con la cravatta e il pancione. Lo stipendio è ragionevole, pare addirittura che godano di ottima stima tra gli informatori palestinesi.«

»Basta con le chiacchere. Raccogli bravo bravo i tuoi arnesi e alza i tacchi. Jalla!«

L'unica foto che Cornell aveva scattato nella città delle palme mostrava carriole e toilette chimiche rovesciate, un dono della Comunità Europea.

*

Ospedale militare di Rischon LeZion. Yoav, la guida, aveva avvisato le pazienti nelle sale di aspetto che un parigino era alla ricerca di immagini strazianti e che a seconda delle loro reazioni sarebbe potuto diventare alquanto irrispettoso. Grazie a questo provvedimento nessuno più fece attenzione all'infiltrato. Leggermente titubante, Cornell scattava in low angle, dal basso in su, per catturare il pathos che in genere si delinea nella post-produzione. Ingessature, lacci e bendaggi emostatici, contenitori induriti di plasma, residui di trauma cranici, scricchiolamento di malocclusioni dentali. Si inspirava clorammina e si espirava alienazione. Un diadema di aculei invisibili insanguinava la dolcezza di una tecnica radar con tonsillite e ortesi ai polsi. La sua compagna, la magra Ilanah, schiacciata dal peso del suo mitragliatore, soffriva della sindrome di Menière. Era appena stata riformata e piangeva nell'abbandonare lo squadrone con il quale condivideva l'ideale sionista-leninista.

Il fotofinish ebbe luogo nella fortezza di Petach Tikwa. Donne sull'attenti, donne con una gamba ingessata che sbuffavano anelli di fumo, donne con fragili ligamenti che facevano flessioni sulla ghiaia e poi salivano su pertiche. Donne appena arruolate che pulivano il pavimento in linoleum e altre che lo imbrattavano di semi di papaya. Qua e là simulacri vaneggianti, sofferenti di acufene e imbottite di surrogati di sentimenti on the rocks.

*

Al mercatino di Haifa una sacerdotessa progressista con scottature solari e balalaika sottobraccio lo sorprese in flagrante:
»Mi stai guardando tutto il tempo«, esclamò lei.
»Well...«
»Tu pensi sporco. Mi guardi come guarderesti una puttanella al peep show!«
»Veramente stavo guardando i polpacci.«
»I miei polpacci?«
»Le gambe intere.«

»Le mie gambe sono solide come l'avorio, ne vado molto fiera. Sei religioso?«

»Non ancora.«

»Allora mollami e vattene, vai all'inferno!«

Sì, pensò Cornell, all'inferno la pace forzata in Medio Oriente, all'inferno la street photography. Il suo soggiorno nel paese degli omicidi mirati era terminato, gli pareva ora di condividere un picnic in mezzo al campo di battaglia, circondato da martiri della resistenza e pellegrini bigotti. Nel rispecchiarsi in una pozzanghera tirò il bilancio definitivo. Israele: il più lungo suicidio nella storia, the neverending hype, che banalità. Un villaggio-vacanze per liberi pensatori e aspiranti messia, super-reclamizzato ma guidato da nazionalisti ossidati che magnificano la dottrina teocratica urbi et orbi e ad ogni convegno versano sale nella piaga palestinese. Il conflitto non cesserà mai perché è tra gli Israeliani stessi che regna un apartheid con attenuanti. Inoltre frutta bene.

Prese un taxi fino a Nazareth e si fermò nella Tavor Street per vedere cos'era rimasto della sua casa natale. Una villa ridipinta di fresco con padiglione scarlatto e orticello impeccabile, il garage sorvegliato da termocamere e protetto da dissuasori mobili. Senza scendere dall'auto scattò fotografie da ogni lato, finché un improvviso rombo dell'impianto di climatizzazione gli fece perdere l'udito per alcune frazioni di secondo.

All'aeroporto Ben-Gurion si sottomesse all'autocensura. Appena firmato il permesso d'espatrio fu distratto dalle breaking news sui monitor: il porto di Gaza-City era in subbuglio. Quattro bambini figli di pescatori erano stati trucidati, in presenza di vari giornalisti, da granate sparate da una nave di pattuglia israeliana.

III

Malgrado l'acquazzone Julien era in cima alla scala e incollava conchiglie sotto la grondaia. Antoine e Cornell erano venuti da lui per registrare *Lonely Woman* del Modern Jazz Quartet sul suo magnetofono Telefunken a bobine. Julien servì vermouth puro e raccontò dell'Isola del Sud neozelandese, delle brughiere in remote valli di ghiaccio, di dune tropicali e delle aree protette, dove le pigmentazioni dei tuatara determinano il destino degli indigeni. La tedesca di Lipsia che aveva rimorchiato in Iran si era installata a casa sua e compiva esperimenti di biochimica sul sesto gusto fondamentale. Il loro concetto era imparare l'apicoltura lontano dalla pioggia acida parigina, in una regione dove l'austero, la carenza di contatti umani è mentalmente sopportabile e l'abilità nel persistere stimata.

Anche Antoine aveva sviluppato, dopo il suo ritorno dai fiordi, una primitiva ricettività per l'ascesi rurale e per l'impercettibile inquinamento nei boschi. L'alimentazione equilibrata a base di tagliolini udon con crostacei, sotto gli abeti e in coerenza con i quattro elementi, aveva ratificato il suo ritiro dalla gens carnivora, sentiva la mancanza dei focolari dei nostri antenati. Dopo essersi separato dalla taiwanese, che giudicava sessualmente troppo ubbidiente, si trovava in piena fase creativa. Aveva organizzato a Neuilly la conferenza biennale del Congresso di Psicologi Criminalisti che avrebbe trattato di questioni tipo "Gli accoltellamenti tra rockers intesi come sacrifici umani" e dei reati "commessi volontariamente da pensionati impoveriti o sfrattati allo scopo di sfamarsi a spese dello stato in celle ben riscaldate". Una strategia in voga, con successo, anche tra i nuovi profughi magrebini rifugiatisi clandestinamente in Europa e minacciati di espulsione. Il crimine deve essere unicamente analizzato dal punto di vista del criminale per trovarne una sua logica ferrea e tollerabile, questa era la convinzione di Antoine. *Les Echos* aveva pubblicato un suo articolo di fondo in cui consigliava lezioni-base di economia fin dalle scuole elementari, perché sono le banche, le speculazioni in borsa – e le incessanti lamentele delle nostre donne – che fanno girare il mondo. Estratto: "Chi vuol sapere come lavorano le banche deve prima diventare banchiere e poi direttore di banca, cioè assassino". Attualmente Antoine aveva redatto una dissertazione su un momento decisivo nell'evoluzione darwiniana, precisamente il momento in cui un ominide cominciò ad affilare la selce in maniera da poter tagliarsi le unghia, accelerando così lo sviluppo del pugno che afferra. Il committente era nientemeno che il museo nazionale di antropologia di Madrid. Eppure Antoine indugiava, temeva i rimproveri del padre che gli apriva ogni porta solo per poi rinfacciargli la sua incompetenza. La nascita di Antoine, aveva riassunto il genitore, era stata un errore di calcolo.

I tre amici trascorsero la serata nel capannone di air-hockey a Malakoff. Kinga Elderlein li raggiunse dopo la chiusura di redazione, con molta lacca sull'acconciatura e molto perlon intorno ai polpacci. Antoine le disse in tono severo che aveva l'aura di una dominatrice fiamminga vedova. Flirtava con lei apertamente ed a ogni occasione, così, per infastidirla. Già in passato le aveva fatto la corte, invano: le spalle strette, le sue scarne dita che suscitavano insinuazioni sulla circonferenza della sua verga e lei, meschina, che non aveva ritenuto opportuno verificare…

Kinga aveva giudicato "da tormento" le foto di Cornell scattate in Israele, le reclute parevano come "sterilizzate", come fossero "in attesa del veterinario che inietterà la dose letale al loro cavallo zoppicante". Malgrado ciò anche lei ne aveva riconosciuto gli irraggiamenti erotici e fatte ingrandire 80 x 120 centimetri, da presentare al prossimo festival di Arles. Kinga gli consegnò l'invito del Ministero Libico per le Comunicazioni e lo ammonì:
»C'è un unico responsabile per tutti i reparti di coordinazione stampa. Si chiama Jamil Ghassay, è lui che ti devi abbindolare. Al telefono era inizialmente galante, poi un tantino insolente, ma mi ha fatto divertire con storielle su finanziamenti di case editrici e di campagne presidenziali all'estero, anche qui da noi, alludendo a recenti indiscrezioni dall'Eliseo. Insomma, alla fine non volevo neanche più riattaccare da quanto ridevo. Dunque: per l'invito devi far trascrivere in arabo i tuoi dati anagrafici da un traduttore giurato. Per il rilascio del visto e le traduzioni c'è da pagare una tassa di cancelleria che, pare, verrà donata ad organizzazioni caritative. Le spese di vitto e alloggio andranno a carico del governo. La Libia è sicura, le comunicazioni telefoniche intercettate. A Tripoli e dintorni potrai muoverti liberamente ma non nel resto del paese, pertanto evita di perdere le staffe se ti senti pedinato.«

*

La gatta miagolava nel corridoio. Madame Tanguy, la portinaia, la fece entrare e lei andò a rannicchiarsi dietro la poltrona. Cornell prenotò un volo Air France e disse:
»Credo che questa volta rimarrò in Nord Africa a lungo. Comunichi a chiunque chiederà mie notizie che ho sposato und berbera libica e che trascorreremo la luna di miele nel Sahel.«
»Ma che stupidaggine, si vergogni, va'! Si cerchi piuttosto una ragazza onesta dalle mie parti in Bretagna, che quelle non mancano, invece di fornicare in capanne di argilla dove regna la poligamia. Magari sgozzano pure gli agnelli nel retrobottega, a sua insaputa! È disgustevole!«, brontolò Madame nell'impilare riviste per puerpere.
»Appunto, proprio per questo vado nel Sahel, perché lì la poligamia è legale. Qui da noi è vietata senza una ragione logica, come d'altronde anche i duelli.«
»E mi raccomando, non usi gabinetti pubblici che sono infettati da tenie e da altri vermi con gli uncini.«
»Il benessere si misura in base alla condizione dei servizi di igiene statali forniti alla popolazione. Dunque bocciamo l'intera Africa.«
»Stia attento anche alle donnacce che le rubano i soldi dal portafoglio. Mi prometta almeno che pernotterà in hotel provvisti di bidet come da noi.«
»Pro-mes-so, madame Tanguy. E ora metta via gli strofinacci e ascolti questo disco di Rusty Bryant inciso nel 1969. Che annata! La puntina è nuova di zecca, dà risalto all'organo.«
»Mi auguro che contenga un po' di vivacità. Tutto quello che si sente oggi suona come fosse scritto da un unico fiacco compositore.«
»Vivacità? Groove, madame Tanguy! Dalla fine degli anni 60 si dice groove! Ed è anche merito di questi due titani, Rusty Bryant al sassofono e Herb Lovelle alla batteria.«
»Va bene, va bene, mi risparmi i dettagli che non ho più l'età. Sono dei negri?«
»Superstiziosi e con dei denti bianchi come la sua porcellana. Adesso devo proprio andare, il taxi mi aspetta

sotto il portone. Troverà in frigo dei cioccolatini, sono per lei, oggi è il suo onomastico se non erro.«

»Oh, che gentile, lei mi vizia troppo! Come va la sua otite?«

»Nulla di serio, è in via di guarigione. A presto!« Una signora di una certa classe, la Tanguy. Negli annali del 1969 risultava essere stata premiata come benefattrice dal comitato autonomo di sostegno alle ostetriche bretoni.

*

Tobo stappò il vino al disopra delle nuvole catalane e ne offrì un bicchiere a Cornell:

»Dobbiamo berlo fino all'ultima goccia e far sparire discretamente la bottiglia o rischiamo una crisi diplomatica...Io mi chiamo Tobo, sono un cameraman di S.A.B.C. Johannesburg. Abbiamo appena finito di filmare in quartieri residenziali nelle province francesi e stiamo tornando a casa. Ho visto prima le tue Nikon con motore, roba da professionisti. Per chi lavori? «

»Per l'edizione finlandese di *Cosmopolitan*. Sono interessati alla sfilata di moda sul panfilo della Pan African Textile Industry.«

»È rilevante a livello giornalistico?«

»Ha ancorato al largo di Tripoli. Sulla passerella avrà luogo la sfilata più esclusiva mai organizzata nel continente, con duecentocinquanta modelle provenienti da ogni stato africano.«

»Strano. A noi non hanno detto nulla dello show, sicuramente più avvincente della parata militare. E cosa stai leggendo lì?«

»I racconti di viaggio di Paul Bowles. Bowles ha importato il jazz americano in Africa, viveva a Tangeri con una lesbica alcolista.«

»Mai sentito parlare di questo Bowles.«

»Era fonte di ispirazione per menti delicate e lirici della marijuana che non superarono mai la loro fase anale e invidiavano le potenti spruzzate dei marinai ai pisciatoi. Il cancro alla prostata li ha annientati tutti.«

»Capisco. Un soggetto per uomini bianchi cristiani sodomiti. Non mi attira, allora ti lascio alla tua lettura.« Poco dopo le 11 di sera l'apparecchio atterrò soffice-soffice al Tripoli International Airport.

»Niente da dichiarare?« Il doganiere si stuzzicava le gengive con un fiammifero.

»Solo un 33 giri, una reliquia«, disse Cornell. Il doganiere lo guardò impassibile, gli ordinò di aprire il Pelicase ed estrasse con cautela i 180 grammi di vinile alla nitroglicerina.

»Cos'è, un disco d'oro o lo stai prendendo in giro?«, chiese Tobo.

»Birth Of The Cool di Miles Davis. Numero di serie T-762. Undici tracce delle session newyorkesi registrate nel 1949 e nel 1950, pubblicate dalla Capitol sette anni dopo. Quello ha addirittura una dedica e l'autografo di Miles sul retro«, rispose Cornell sottovoce.

»Ora lo vedo meglio…Copertina dura usurata agli angoli e i solchi intatti. Perché te lo porti dietro?«

»Mio padre lo ha rubato ad un agricoltore nella Valle di Hula in Israele. È l'ultimo regalo che mi ha fatto da ragazzino. È un feticcio, lo tengo sempre in valigia ma finora non l'ho mai ascoltato. La copertina mi spaventa, quel nero perfetto racchiude qualcosa di infernale.«

»Chissà cosa ne capiscono gli arabi di Miles.« Tobo e la sua squadra furono accolti all'uscita da un autista in frac. C'era posto per tutti nella limousine ma Cornell salì su un taxi, per abitudine. Il tassista guidava disinvolto e muto sull'autostrada illuminata a giorno, ogni cinquecento metri indicava con le dita a V un ritratto murale di Gheddafi. Si fermò al Borahil Hotel, perlopiù frequentato da uomini d'affari italiani. Cornell fumò una sigaretta con un ragioniere di Belluno e si ritirò in camera.

I botti ritmati di una gru da demolizioni lo svegliarono a mezzogiorno e mezzo. Si fece la doccia e si incamminò verso il mare per respirare sale.

In una drogheria gli regalarono il sapone e in copisteria gli abbonarono le fotocopie, il toner era apparentemente mal diluito. Camminò tra viali ombreggiati fino al porto e continuò in direzione del Ministero delle Comunicazioni. Ad un agente in divisa che stava allacciando borse di cuoio finissimo sul portapacchi di una Lambretta chiese dove fosse l'ufficio con dentro il temuto Jamil Ghassay. L'agente – barba ordinatamente incolta e mocassini scamosciati – caricò l'orologio e disse:

»Guarda, lavoro da un pezzo per lui e ti assicuro che dopopranzo non è mai reperibile. Cosa hai bisogno da Jamil?«

»Gli ho fatto una richiesta.«

»Sei il fotografo della signora Elderlein?«

»Sì.«

»E nessuno è venuto a prenderti all'aeroporto?«

»No.«

»Jamil Ghassay sono io. Aspettami qui. Prendo l'auto e ti porto al Bab Al Bahr Hotel, tutta la stampa è radunata lì. Benvenuto nella Gran Giamahiria Araba Libica Popolare Socialista.«

Il Bab Al Bahr era situato a picco sul mare. Intorno alla piscina erano collocate credenze con vassoi colmi di uva e datteri. Una dozzina di inviati speciali provenienti da paesi francofoni si erano accomodati nel salone per il thè. Jacques-Henri, decano dell'*Humanité*, si impegnava con barzellette scabrose a far sorridere la corrispondente del *Jeune Afrique,* Arlette. Ma era impossibile strapparle un sorriso, il suo sguardo esprimeva afflizione. Cornell si presentò al collettivo rimanendo sul vago e si sedette vicino a lei, sull'unico posto libero. Arlette aveva movimenti tremolanti, chiacchierava con tono docile, troppo docile per la sua corporatura:

»Ogni giorno ingoio antibiotici a causa di una infezione intestinale. Mi narcotizzano. Questi 35 gradi all'ombra mi fanno dubitare delle mie capacità.«

Comprensibile. Originaria della Normandia, Arlette aveva la pelle priva di imperfezioni e l'aspetto di un'iraniana dell'alta società con caratteristiche genetiche immutate dal regno di Ciro II di Persia.

Jacques-Henri insisteva a leggerle alcuni passaggi dal Libro Verde di Gheddafi, obbligando l'intera cerchia di intenditori ad ascoltarlo:

»*Le elezioni politiche, che negli stati capitalistici terminano con il 51 % dei voti a favore di un candidato, portano a sistemi dittatoriali camuffati da democrazie, dove il rimanente 49 % dei votanti sarà sottomesso da un governo per cui non ha votato e che è dunque costretto ad accettare.* Mi pare evidente, Arlette. Tu come la vedi?« La normanna era con la testa altrove, seguiva sugli schermi partite di calcio della serie B italiana alternate a videoclip dove cantanti nordafricani imitavano Michael Jackson.

»Avete anche voi l'impressione che i notiziari della CNN siano trasmessi con qualche secondo di slittamento? Tu cosa ne pensi, Arlette?«, persisteva Jaques-Henri, accentuando il *tu* marxista.

»La censura mi dà meno fastidio del tagliaerba lì fuori«, sbraitò lei mentre tagliava le estremità di una banana, il posto dove si annidano i batteri.

»Considerando l'alta densità delle paraboliche sui tetti di questa città i censori mi paiono sorprendentemente indulgenti«, commentò Cornell.

»Gli arabi le chiamano lune elettriche. Ah, come mi fanno tenerezza!«, commentò Jacques-Henri.

*

Dagli altoparlanti dell'eliporto di El-Azizia, a sud-est di Tripoli, quel primo settembre risuonavano ritornelli atavici. Sulle tribune sedevano da un lato i portavoce dei tuareg e di capitribù berberi; più in là le loro mogli in vesti variopinte si sventagliavano ululando il zaghrouta. Li separava un motto forzatamente ottimista dipinto su tela cerata: *Il sottile musulmano Gheddafi ha grandi sogni*. Automobili blindate di fabbricazione tedesca scaricarono ministri e very important persons. Ognuno di loro si tolse gli occhiali da sole, salutò compagni di lotta, cugini di quinto grado e si rimise gli occhiali sul naso.

»You can take pictures of anybody you want, but not of that car«, ordinò Jamil Ghassay ai reporter. That car era il Toyota del rivoluzionario supremo che masticava chewing-gum sul sedile del navigatore. Portava una camicia in stile safari e occhiali Cazal, marca prediletta dai rapper in quel di Compton, Los Angeles. Si intrattenne brevemente con una guardia del corpo e salì i gradini fino alla delegazione sul podio. Per un'ora non successe nulla, poi lo zar irsuto fece un cenno alla vedetta e sparì dietro le quinte. La parata militare poteva iniziare.

Uno schieramento di cacciabombardieri irrorò il campo di polvere verde, subito dopo un'orchestra ridotta al minimo necessario intonò l'inno nazionale. Reparti dell'esercito e della marina marciarono nel silenzio, fu poi il turno delle unità di commando dell'aviazione. Solo i tamburi marcavano i passi dei soldati, lentamente, senza invadenza, tutto il contrario delle apoteosi di fanfare e di ridicoli chepì inebriati dalla sanguinaria *Marseillaise* ogni 14 luglio parigino.

Il giorno seguente metà dell'orda giornalistica aveva lasciato la Libia. Jamil Ghassay informò l'altra metà riunita nel bus che la conferenza del Colonnello avrebbe avuto luogo in un'aula di segreta ubicazione. Al conducente venivano impartite indicazioni tramite walkie-talkie. Fece una pausa thè e sigaretta trattando con poliziotti stradali che lo pilotarono in un distretto annegato in vuoti a perdere di plastica, poi su vicoli di ghiaia e dentro ad un oliveto. Salì

su collinette di eucalipto finché, dopo una decina di chilometri percorsi alla cieca, si fermò ad un antro di roccia artificiale. I reporter furono scortati fino ad una palestra decorata senza badare a spese. Rappresentanti della Lega Araba, pallidi consiglieri amministrativi di compagnie petrolifere e multinazionali sedevano in semicerchio di fronte ad una troika poco convincente. A fianco del Colonnello anticapitalista vi erano il zimbabwese Robert Mugabe, capotribù dei Shona, e il presidente sudanese con turbante dell'umiltà, Omar al-Bashir. Ai fotografi furono concessi dieci minuti esatti per svolgere il loro lavoro. Gheddafi trattò la questione dello spirito africano ridotto a brandelli e del futuro della globalizzazione che prevedeva la cessione di terreni di proprietà statale, per un periodo limitato, ai laboriosi e pacifici cinesi piuttosto che ai colonialisti americani, già colonialisti dell'Europa fin dall'operazione Overlord. Decisamente lampanti furono le sue conclusioni sul»Cittadino libero che rispetta le leggi« e sull'»Operaio servo del suo padrone.«
Durante la conferenza Arlette portava, come la maggior parte degli invitati, delle cuffie multicanale per la traduzione simultanea e contemporaneamente trascriveva il discorso in stenografia su un taccuino. Fu solo quando si tolse le cuffie, continuando a scrivere, che Cornell si accorse che non si trattava di stenografia ma di annotazioni in arabo.

*

La sfilata di moda panafricana ebbe luogo in un lussuoso dancing e non, come preannunciato nei briefing, sulla nave da crociera, il cui equipaggio fu sottoposto a quarantena e l'armatore accusato di favoreggiamento di prostituzione. Lo show era un omaggio alla sposa di colore. Sulle pedane sfilarono divinità equatoriali su sfondo raï gravido di estrogeni. Durante l'after-show party Arlette annunciò di aver terminato il suo compito, che aveva raggiunto gli scopi che si era prefissata. Nella sua intervista lampo con Robert Mugabe, il gesuita maoista mostrava precoci segni di paranoia tipici dei dittatori. Visibilmente attratto dalla normanna ben in carne, il notorio antagonista dei media si compiaceva a ripetizione delle proprie asserzioni offensive su gay e allevatori di bestiame bianchi. In un'altra intervista condotta da Arlette, il fondatore delle improbabili Cellule Nichiliste per l'Indipendenza delle Canarie delucidava i suoi chimerici traguardi. Per questi scoop Arlette venne premiata con giorni di ferie supplementari ma era indecisa riguardo al futuro. Cornell prese l'iniziativa invogliandola a peripezie nel deserto:

»Ho saputo di una carovana diretta a Gadames. Potremmo aggregarci a loro e poi continuare fino a Ubari, una sorta di covo per mercenari. Con un po' di fortuna ci rapiscono e ci insegnano come smontare e rimontare un AK-74 a ritmi di breakdance da kasbah. Nel frattempo al Quai d'Orsay hanno proclamato lo stato di urgenza, in televisione ci saranno appelli alla solidarietà e inviti a donazioni. Gheddafi pagherà il riscatto e avremo l'onore di essere suoi ospiti prima del rimpatrio in prima classe con le dovute onorificenze. Diventeremo famosi senza neanche muovere il mignolo.«

»Al Ministero degli Affari Esteri non gliene frega nulla se a fatalisti come noi i rapitori tranciano il mignolo per convincerli a pagare«, borbottò Arlette contando i granelli di pepe sul tavolo.

»Ti assicuro che il fatalista in me, radicalizzato dai sette vizi capitali, è in grado, con la bocca piena di qat, di immedesimarsi nei briganti per evitare in tempo il colpo di sciabola. Conierò medaglie d'oro allo scopo di accecarli e

farli scivolare nella trincea. Il deserto è un rischio che corro volentieri e vorrei condividerlo con te, così, per perfezionismo. Inoltre l'ostaggio è sacro, sta scritto nel Corano. La donna, poi, è doppiamente sacra.«
»Piantala. Chiedi piuttosto a Jamil di affiancarci due guide per visitare i villaggi costieri.« Arlette chiuse la porta degli spogliatoi dietro di sé e ne riuscì in costume da bagno. Nuotò alcune vasche in stile libero. Le bollicine sui suoi polpacci cambiarono colore, dal rosa amaranto al cosmic latte.

*

Lo street photographer sul genere di Thomas Hoepker o Garry Winogrand (migliaia di rullini in cassetto mai sviluppati!) è sottoposto in paesi come la Libia a pressioni patafisiche. Da un lato può solo scattare fotografie sotto sorveglianza, d'altro lato la gente per strada rifiuta di essere fotografata in presenza di sorveglianti. Gli equivoci causano dunque scariche di endorfine a seguito delle quali è il reporter che attira su di sé l'attenzione e non il suo reportage. Di tutto questo Jamil Ghassay, gran Manitou, era consapevole. Ordinò dunque ai suoi sherpa discrezione assoluta nei riguardi degli ospiti francesi e diede loro carta bianca, autorizzandoli a percorrere le coste in lungo e in largo e a cercare il contatto con gli autoctoni. Gli sherpa erano Mukhtar I e Mukhtar II. Avevano l'indole degli amici intimi scatenati, stessa altezza e stessa andatura.

Nei giorni seguenti Arlette e Cornell visitarono le terme di Leptis Magna, un cumulo di rovine, ma costruite dal popolo di Atlantide. A Sabratha, sui resti della basilica di Giustiniano, comprarono dal ciarlatano la trasmissione del pensiero per trenta monete d'argento. Ad Al-Khums alloggiarono dal marabutto che predicava come pervenire all'egemonia spirituale attraverso la magnanimità. Divisero zuppa di pesce e focaccia al mirto con un maniscalco di Misrata, sotto la mezzaluna, quando il metallo è più malleabile. Fumarono il narghilè ad Az-Zawiyya con panettieri che avevano nuotato fino a Lampedusa in quattro tappe andata e ritorno. Ritratti col 135 mm, il mirino puntato sulla tempia, Cornell rubò l'anima a tutti loro. La sera Arlette ricapitolava le esperienze vissute in un dittafono, mentre lui giocava a scacchi con Uqbah, il direttore dell'agenzia di viaggi situata nella lobby del Bab Al Bahr. Uqbah aveva conseguito il dottorato in geografia antropica nel 1968 a Padova, ovviamente con il massimo dei voti, come d'altronde tutti gli studenti in quell'anno di deriva sociale.

*

Per la sua ultima notte libica Arlette si era truccata pesantemente e aveva ornato le braccia di gingilli da sagra. Al roof garden dell'hotel ordinò polpo lesso e patate con prezzemolo. Cornell cubetti di manzo in aspic e giardiniera in agrodolce. La normanna era in forma, lo intrattenne a lungo su abluzioni e rituali negli hammam. Nell'ascensore fu lei a baciarlo, ma senza scambio di saliva. Aprì la porta di camera sua, si tolse la fede e lo invitò ad entrare. Lui le accarezzò le orecchie, profumavano di zenzero. Poi approfittò di Arlette senza commenti.
Combatté lo spleen postcoitale con nicotina e un assolo di Tony Williams dal palinsesto di un'emittente maltese, interrotto da aggiornamenti sull'attentato mortale ad Ahmed Schah Massud, il Leone del Panjshir. Svegliatosi verso le due del dopopranzo, quando Arlette aveva già raggiunto la sede del *Jeune Afrique* a Tunisi, innalzò la bandiera nera a mezz'asta e si decise per l'avventura nel deserto. Ma nel deserto ci si poteva recare, per i soliti motivi di sicurezza, in gruppi di almeno otto persone ripartite su almeno due fuoristrada.
»Stiamo cercando degli yuppies milanesi smarriti nei dintorni di Wadi al-Haya. Con il mio prossimo gruppo potresti partire venerdì, supponendo e sperando che i voli di pattuglia abbiano rintracciato gli italiani«, disse Uqbah e alzò il volume del televisore. A Manhattan era appena crollato un aeroplano ad elica.

»Bene. Allora aspetterò fino a venerdì.«
Cornell fece un tuffo in piscina. Il suo nervo cocleare si incrinò leggermente quando il bagnino urlò:
»Sono due gli aeroplani! Due aerei di linea si sono sfracellati in pochi minuti in un grattacielo! Come si fa a credere all'errore tecnico?« Infatti non ci credeva nessuno. Ma ad un atto di vendetta, quello sì.

*

The Virgin Spacelight divampava sopra New York City. Diciannove artisti-azionisti appassionati di aeronautica, per lo più cittadini di potentati petroliferi, avevano vendicato Hiroshima, Geronimo e Chief Seattle, il pugile Jack Johnson, Sacco & Vanzetti, milioni di vietnamiti e nordcoreani, Martin Luther King, Che Guevara, Rosa Parks, i chagossiani, Jaco Pastorius e la figlia adottiva di Gheddafi. Il crollo delle torri capitaliste ebbe luogo su sfondo di sacrali elegie. A parte il compositore tedesco Karlheinz Stockhausen e Bobby Fischer, *grande maestro* di scacchi in esilio islandese, nessuno dava l'impressione di aver capito le vere cause dell'attacco.

Gli USA, superpotenza mai bombardata in casa, che fino allora aveva vissuto in prosaico ermetismo, si sentiva finalmente parte della realtà. Per almeno una generazione, questo era sicuro, la Casa Bianca avrebbe praticato una *policy of fear* avvolgendo il mondo in ragnatele di menzogne.

A notte fonda squillò il telefono. Jamil Ghassay si scusò formalmente:

»I repubblicani a Washington ritengono i Sauditi responsabili degli attacchi ma faranno il possibile per discolpare i loro alleati. Questa tragedia, tutto sommato prevedibile, avrà conseguenze anche per il nostro paese, il più ricco d'Africa, conseguenze che siamo preparati a subire a lancia in resta. Ma il rivale è accecato dall'ira, potrebbe reagire in modo sproporzionato. Questo per avvertirti che momentaneamente non siamo in grado di proteggere i nostri ospiti stranieri dall'arbitrio degli americani. Vi consigliamo dunque di partire il più presto possibile. Il traffico aereo è sospeso, c'è un unico volo giornaliero per Francoforte. Mi sono spiegato bene?«

»Più che bene, Jamil. Buonanotte«, balbettò Cornell. La comunicazione gli causò una stiratura della scala timpanica. Il telefono squillò nuovamente, era Talleen.

»Fai in modo di lasciare in fretta la città.«

»Sei una inguaribile detective. Come hai fatto a trovarmi?«, ringhiò lui.

»Il portiere ha accennato di voli Lufthansa. Sono all'hotel Kupferberg di Monaco, nella Lilienstrasse. Scrivi: Li-lien-stras-se. Vieni immediatamente. E portami un amuleto di giada o un altro animale da fiabe.«

Mercoledì sera, durante la cena, Uqbah era eccitatissimo, la collana delle preghiere deposta vicino al plateau di frutti di mare, lo sguardo rivolto al teleschermo.

»Per noi è evidente che il presidente americano ripianificherà la sua guerra personale in Medio Oriente per impadronirsi di risorse aizzando una campagna contro i musulmani, come previsto dal *Project For A New American Century* ideato dai neoconservatori William Kristol e Robert Kagan. Si creerà un'alleanza giudeo-cristiana tra Washington, Londra, Roma, Gerusalemme e Madrid, un'asse del male creata per incutere odio verso l'islam. Due forze si schiereranno l'una contro l'altra: i metodisti avidi di interessi materiali contro gli intrepidi idealisti motivati nella propria arena. I calcoli delle cellule terroriste saudite alla fine quadreranno, le truppe US dovranno ritirarsi dal Golfo Persico. L'America sarà costretta a cambiare strategia«, oracoleggiò Uqbah.

»Laggiù non cambia mai nulla«, lo contraddisse Cornell. »Anche nel 2030 i bus per scolari saranno gialli e i fili elettrici penderanno da pali di legno. New York non è neanche cambiata dopo la morte di Charlie Parker.«

»Charlie chi?«

»Charlie Parker, l'Immortale.«

»Mai sentito. Chi era questo?«

»Un mago. Suonava il sassofono su un tappeto volante con parafanghi cromati. Puoi definire il jazz in quattro parole: Charlie Parker, Miles Davis. Il motto non è mio, ma dello stesso Miles.«

»Un mago? Non credo alla magia. E quell'altro, quel Miles, non conosco neanche lui. Eppure sono regolarmente sintonizzato su radio maltesi. A proposito di magia, sei contento delle tue foto?«

»Scatto con precauzione ma senza pensarci sopra a lungo, tanto ottengo ugualmente risultati stampabili. Il cielo libico è abbagliante, cancella ogni contrasto ombroso impedendo la composizione in raggi di luce incrociati alla Walker Evans.«

»Bianconero o colore?«

»Dipende. Lo sceicco in piedi e in disparte lo vorrei a colori, il suo harem invece in bianco e nero. È una situazione alquanto minacciosa.«

»Hai fiducia nel tuo istinto. Quando si tratta di timing puoi fidarti solo dell'istinto, l'ho sentito dire spesso da altri fotogiornalisti.«

»L'istinto ti avverte della palla di fuoco dietro di te mentre tu sei occupato ad accendere una candela per illuminare la via.«

»Non dovresti esser già da un pezzo in viaggio per New York? Non mi stupirei se facessero saltare in aria anche la statua della Libertà.«

»Lo escludo per logica. Questo Ground Zero, come lo chiamano, è impareggiabile.«

»Personalmente preferirei essere a New York che qui in Africa. Anche per noi arabi l'America rimane la Terra Promessa. Dico l'America, non gli Stati Uniti. C'è una differenza. L'America è Paperino, è il jukebox; gli Stati Uniti invece sono la sedia elettrica e le soap tipo *Dallas*. Gli attentatori avrebbero dovuto deviare gli aeroplani su piattaforme petroliere texane, negli Stati Uniti, invece di deviarli su New York, in America!«

*

Il virologo non ritenne opportuno, per rispetto della sua stagista velata, esaminare le natiche e concluse:
»Punture di cimici, mi pare evidente. Sono innocui. Prenda questi cachet di penicillina, una al giorno dopo un pasto ed eviti di grattarsi.« Cornell prese la penicillina e la infilò in valigia, pronto per la partenza.

Al desk gli regalarono un orologio in oro placato con il ritratto del Colonnello sul quadrante.

»Malgrado questo terribile evento speriamo che le rimanga un buon ricordo della Libia«, disse il portiere, declinando con veemenza la mancia. Uqbah usci dalla sua loggia con del caffè bollente:
»Stai per lasciarci?«
»Mi hanno deferito in Germania.«
»Ad Amburgo, suppongo. L'antro cospirativo degli attentatori è stato localizzato ad Amburgo.«
»No, vado a sud, a Monaco.«
»Ottima decisione. Con Monaco abbino esperienze fantastiche. Nel 1972 ho assistito alle gare di canottaggio e judo durante le Olimpiadi. Eravamo mio fratello ed io, squattrinati, dormivamo all'aperto in tende e sacchi a pelo. Ricordo una band che nel parco olimpico faceva un putiferio sbattendo barattoli di latta di misure diverse. Il cantante era giapponese, si chiamava Suzuki e recitava scalzo dei salmi imbastiti freneticamente. Un genere inclassificabile che li ha resi poi famosi. La birra era gratis, ci si aiutava mutualmente alla ricerca di ispirazione e di qualcosa da mettere sotto i denti. Ricordo cortei di femministe protestare a seno nudo contro lo sfruttamento del loro corpo nelle pubblicità. Che sfrontatezza, non trovi? A me pareva una delle solite diavolerie della viziata borghesia occidentale ma mio fratello fu talmente colpito dalle manifestazioni che è rimasto lì in Germania. Ora traffica con materiali che recupera nelle aree di riciclaggio. Dopo gli attentati del Settembre Nero mi raccontava dei servizi segreti che lo sorvegliavano, di come erano carine le poliziotte bavaresi che lo pedinavano. Prima di sposarsi ha sedotto una biondona della polizia a cavallo, che trofeo! Vai ora, le tue guide ti aspettano. Insch'Allah!«

I Mukhtars fumavano infatti la sigaretta dell'impazienza, il motore girava ardente. »You ready, Mister Bàtory? Let's roll!«, ordinò Mukhtar II, quello portato per le lingue.

*

Aeroporto Franz Josef Strauss, Monaco, ore 18:00. Herr Strauss, gli spiegò lo steward, fu un politico bavarese conservativo della CSU, l'Unione Cristiano-Sociale. »Ma non mi chieda perché gli hanno dedicato l'aeroporto. Considero questa onorificenza a dir poco sconveniente«, aggiunse lo steward. »Era parente del compositore, del Richard?« »Forse. Franz Josef apparteneva ad una famiglia di macellai, l'altro ad una antica dinastia di birrai. Sono biografie che vincolano.«

Hotel Kupferberg, un gazebo con fontana e mobili empire. La proprietaria stava giocando a mah-jong: »Dalla descrizione direi che lei è la persona che la signorina Lakerman sta aspettando.« »Il mio nome è Bàtory.« »La signorina Lakerman è assente. La chiave della sua Jeep è nella serratura, se vuole può utilizzarla. Devo inoltre comunicarle che la signorina Lakerman sarà dalle ore 20 in poi al bar Schumann. Lo conosce?« »No, ma penso di trovarlo facilmente. Schumann, come il pianista?« »Come il pianista.« Quando Cornell entrò nel locale più famoso in Germania distinse, malgrado il brusìo di voci, ogni singola nota di *When Sunny Gets Blue* nell'interpretazione di McCoy Tyner. »Mon coco…« Talleen gli si avvinghiò a pugni chiusi, infilò la testa sotto la sua ascella ed impallidì, la carotide pulsava da scoppiare. »Hai bevuto molto«, disse lui. »Molto no, ma ho bevuto a digiuno. Assenzio e

White Russian con cannuccia. Sono contenta di vederti ma...Mi sento male, come se stessi rotolando in un campo di ortiche. Sono così contenta di vederti...«

»Vieni fuori all'aria fresca. Subito.«

»La testa...Mi sento male...Promettimi che se svengo...promettimi che...« Talleen svenne. Uno tra i più efficienti camerieri tedeschi dal cognome ungherese chiamò un'ambulanza illuminata a carosello. I soccorritori le iniettarono il siero dell'oblio e la confinarono in un reparto ospedaliero. Legata ad una barella Talleen era ancora più desiderabile.

Quando fu finalmente in grado di esprimersi pretese uno spazzolino elettrico con ventiquattromila rotazioni al minuto. I suoi parametri ematologici erano aldiquà della norma, il battito del polso stabile. Disse:

»Tutto questo mi ricorda una cena a base di gamberi fritti all'Algonquin, quella volta fu l'acrilamide a soffocarmi. A proposito, niente di nuovo da Manhattan?«

Cornell inspirò una boccata d'aria al gusto di luppolo e lievito:

»Che porcheria. La catastrofe si chiama ora Nine-Eleven. Le autorità hanno bandito un concorso per erigere un monumento alle vittime, stanno cercando gli sponsor adatti.«

»Sponsor? A Nine-Eleven abbino la Porsche, così, per associazione di idee.«

»Come ti trovi in questa città di cantieri edili?«

»Monaco è il polmone economico tedesco. Una città femminea, ben illuminata, senza grattacieli, senza malavita da plebaglia e senza complessi di fronte a Berlino. Superficialmente innovativa ed egocentrica quel che basta. A parte questo spariscono anche qui otto o nove persone al giorno. Chiedi ora all'infermiera quando mi dimettono. E dille di portarmi un succo di rabarbaro con dell'acqua frizzante!«

Talleen fu dimessa e tutti e due tornarono all'hotel vicino al fiume, nella camera numero 413 decorata con flora appassita e rubinetterie in ottone. Cornell le ordinò:

»Non ti muovere da qui. Devo spedire un pacco di

negativi a Kinga e fare un salto da un italiano conosciuto in Florida. Ti ricordi di Leo Paganini? Quello della Fiat 500, te ne avevo parlato.«
»Vagamente. È un discendente del violinista?«

*

Sul prato dalla gliptoteca erano sdraiate, ingenuamente assorte in blocchi da disegno, ragazze in hot pants e ragazze in top, ingenuamente ignorate dagli studenti di architettura della vicina facoltà. Tra le ragazze e la Fiat 500 con placca *Veicolo d'Epoca* si trovava il Caffè Gimondi.
»Guarda, ma guarda chi c'è! Diamine, che bella sorpresa, dai! Ti piace il mio locale?« Leo lo abbracciò come il naufrago abbraccia il salvagente e si servì un cappuccino con il logo di Al Jazeera nella schiuma.
»Gimondi! Tradisci i tuoi idoli per il profitto«, rispose Cornell.
»Inizialmente lo avevo chiamato Caffè Merckx, era davvero il mio idolo, accidenti. Ma proprio per questo mi era diventato insopportabile. Vedevo Eddy dappertutto, lo vedevo seduto alla cassa, nella lavastoviglie…La sua presenza in questo spazio limitato mi pesava. Ti piace come arredo qui, eh, dai! Tutto ecosostenibile. Banchi e sedie in legno di ciliegio, i rivestimenti in tela di olona, il parquet lucidato con olio di lino. In quegli scaffali ci metto roba da collezione, i corredi, 'ste cose lì. Cibo e bevande sono di coltivazione biologica, anche l'elettricità è ecologica.«
»Non capisco l'isteria ecologica mentre la città è ricoperta di fini polveri cancerogene. A me tutti questi cantieri rendono aggressivo. Insomma, perché Gimondi?«
»Mica sono belga io, sono lombardo! Lombardo come Felice Gimondi. E poi qui a Monaco ci sono venticinquemila italiani contro quindici, venti famiglie belga. Che ne dici, la metto la bandiera del Partito Comunista appesa fuori, così, come richiamo visivo o mi declassa il bar?«
»Prendi esempio dai cinesi che hanno tolto le bandiere rosse anche nei ristoranti aperti in era maoista.«

»Scherzavo. Rimani fino all'Oktoberfest?«
»Ci sto riflettendo sopra ma penso proprio di sì.
Fatalità ha voluto che atterrassi qui. Ero in Libia quando
hanno decapitato New York.«
»Eri dai musulmani!!? Racconta, dai! Lo vuoi un
bicchierino? Un Biancosarti, un Gancia, dimmi te.«
»Un Rosso Antico, grazie.«
»Dai musulmani! Gli americani hanno sotto mira
ogni confraternita musulmana, si allargheranno con nuove
basi nei paesi del Golfo. E anche se un incendio boschivo
dovesse estendersi all'intera California nessuno li fermerà
dall'invadere l'Afghanistan. Da Napoleone ad oggi i
cristiani hanno assoggettato etnie arabe e pozzi petroliferi.
I musulmani hanno un problema di ambiguità ideologica.
Allah gli ha regalato giacimenti di petrolio da Marrakech a
Kuala Lumpur ma quegli incompetenti non sono in grado
di tirare su una lobby politica per districare il conflitto
palestinese. Hanno ingoiato l'imbroglio nel trattato Sykes-
Picot senza batter ciglio. Dove sei alloggiato al momento?«
»In un hotel sull'altra sponda dell'Isar.«
»Senti, se vuoi prolungare il soggiorno avrei un
appartamento di tre camere con balconcino da affittare
nella città vecchia.«
»Affare fatto. Cin-Cin!« Brindarono alle vittorie
di Eddy Merckx, perché il belga aveva sempre sorpassato
Gimondi al novantesimo minuto.
Sulla via del ritorno all'hotel Kupferberg Cornell incrociò
un trio di timpanisti che trasportavano i loro ingombranti
strumenti preceduti da alcuni anziani con deambulatore.
Scattò molte foto della scena tristemente allegorica, sicuro
che anche Elliott Erwitt le avrebbe scattate.
All'Odeonsplatz, un buco nero in centro città, visitò la
galleria di fotografie tipologiche, opere di sopravvalutati
allievi dell'anemica Düsseldorfer Photoschule. Le più
costose, quelle ad encefalogramma piatto, si chiamavano
"Senza titolo".
Il giorno dopo si trasferì con Talleen nell'appartamento di
Leo. Grate di acciaio alle finestre e sul retro un balcone da
ristrutturare. La vista si estendeva fino al ponte per i tram;

quando il semaforo passava al rosso i camionisti si giravano automaticamente a sinistra. Il mobilio consisteva in un letto matrimoniale e in un divano di velluto. Talleen si innamorò della vasca da bagno proveniente da una stazione climatica nella landa di Lüneburg. Rimaneva per ore nell'acqua tiepida sfogliando cataloghi di donne artiste che realizzano opere nate in fasi di auto-ricerca oppure per compensare la mancanza di figli, riflettendo sempre un conflitto con il proprio corpo. Talleen si dedicava amorevolmente alle sue occupazioni preferite, sorseggiare cocktail e accumulare vestiti usati, perlopiù cappotti e foulard tipo bandana. A tempo perso si iscrisse a corsi di Qi Gong e a battute di caccia per sole donne, sauna e pittura intuitiva inclusa.

*

Il 15 ottobre Leo Paganini inaugurò il Caffè Gimondi. I muri erano coperti da coppe e targhe, il campione stesso aveva fatto dono di una maglietta delle cucine componibili Salvarani. All'inaugurazione vennero, con lampeggianti e concerto di campanelli, emigrati lombardi dai passatempi curiosi tipo mountain bike orienteering e cycle polo. Dopo il festino Leo tirò fuori una scacchiera e sfidò Cornell. La partita si trascinò fino a notte fonda, interrotta saltuariamente da notizie dall'Afghanistan. Gli americani avevano sganciato bombe a grappolo nella loro prima crociata e massacrato centinaia di civili. Ad un certo punto Talleen accennò alla conversazione che aveva avuto con un redattore della *Dolomiten Tageszeitung* di Bolzano, reduce da un seminario concepito dalle forze armate tedesche su come comportarsi in zone critiche: una qualifica che le grandi agenzie di stampa richiedevano come condizione preliminare a chi si offriva di andare in missione. Ottimo, pensò Cornell. Iscriversi al seminario ad Hammelburg e farsi poi paracadutare sull'Hindukusch, in quell'enclave di predicatori ed eremiti, gli parve una mossa che lo avrebbe fatto avanzare nel mestiere. Al fotogiornalismo come vocazione non aveva comunque mai creduto, ogni azione umana essendo astralmente predeterminata dagli ormoni steroidei prodotti dalle cellule di Leydig.

*

La richiesta di ammissione al seminario presso il German Armed Forces UN Training Center fu approvata. Cornell partì in treno una domenica ad Hammelburg, in Bassa Franconia, rimanendo nel vagone-ristorante durante l'intero viaggio. Imparò in cinque giorni i metodi di rianimazione e i metodi basilari di survival. Imparò come si fasciano le ferite, come si estraggono corpi inerti da rottami, come riconoscere le mine a pressione e come muoversi su terreno minato. Imparò dove trovare riparo dai tiri di obice, come orientarsi con bussola e cartine militari, come stabilire le traiettorie dei proiettili, come differenziare i vari modelli di mitragliatori e come comunicare via ricetrasmittente; come bloccare e sbloccare i portelli di un corazzato, come mimetizzarsi in campi di grano, accendere un fuoco nella pioggia, spremere succo potabile da radici, come comportarsi in caso di sequestro e fucilazioni fittizie, come reagire agli interrogatori dei guerriglieri, come mitigare la stanchezza nella fuga e come sparare razzi bengala senza perdere un braccio. Imparò soprattutto a rispondere in modo stringato a domande poste in modo stringato.

I partecipanti al seminario ricevettero un certificato di attestazione. Cornell spedì le sue referenze alla Agence France-Presse quello stesso venerdì e ritornò in serata a Monaco.

La porta dell'appartamento era sigillata e ornata di un mandato di comparizione presso la sezione criminale nel presidio classificato monumento storico. Neanche venti minuti ed era al cospetto di un ispettore capo con cognome lituano. Dietro le sue spalle avvisi di ricerca ingialliti con le foto segnaletiche di membri della Rote Armee Fraktion nei loro momenti di gloria. Alcuni erano ancora latitanti, altri probabilmente giustiziati dalle logge della Democrazia cristiana. I ritratti erano mal riusciti, tranne quello di Ingeborg Barz: bionda valchiria con l'alibi di una baby sitter. Dal punto di vista dell'estrema sinistra rapinatrice playmate dell'anno 1972. Da allora risultava smarrita, peccato.

L'ispettore capo squadrò Cornell con aria pacata:

»La signorina Lakerman è stata gravemente ferita e operata d'urgenza. È caduta in coma, i medici sono reticenti ad esprimere prognosi affrettate. Abbiamo già avvisato i suoi famigliari.«

»Ferita? Ma che tipo di ferita??«

»Le dico con franchezza che indaghiamo per tentato omicidio. La signorina è stata pugnalata l'altro ieri in un piano bar. L'anestesista le ha somministrato 150 mg di propofol e 100 mg di succinilcolina, è la dose normale.«

»Chi è che…Chi diavolo l'ha pugnalata?«

»Un australiano incensurato. Sono certo che si tratti di un crimine passionale.«

Talleen. Nella camera oscura.

*

L'indagine fu conclusa rapidamente. A detta di testimoni le altercazioni si erano scatenate in seguito a denigrazioni umilianti da parte della vittima. L'australiano aveva agito senza premeditazione ma in preda alla collera e aveva ammesso la sua colpevolezza.

Talleen non si risvegliò dal coma.

Le sue spoglie furono incenerite in presenza della madre e di parenti venuti apposta dal Baden-Württemberg. L'urna fu deposta nel colombario del Waldfriedhof di Monaco, il funerale immatricolato sotto il numero di certificazione notarile 44.82.45.39. Una combinazione, fece notare la madre, che letta sia in tedesco che in inglese non contiene la lettera S, il che ha effetti benefici sul riposo dei defunti, la S essendo una consonante dalla fonetica violenta che suscita ansia e intensifica i conflitti. Cornell discusse con lei di mistica da alambicchi, di corporazioni sotterranee veneranti il "magma siderale". La signora aveva il pallino delle scienze occulte e portava un corvo Fabergé sul petto. Il corvo, spiegò, ha il compito di accompagnare gli Umani nel regno degli Animali, dal quale nessuno esce incolume. Durante il riconfortante convito funebre (diversi ragù di selvaggina) vennero svuotate molte bottiglie di Müller-Thurgau e si cantarono arie dell'era Big Band. Dopo il dessert di formaggi di latte fresco pastorizzato e fichi, l'elegante Frau Lakerman ingoiò pillole di Valium e gli sussurrò:

»Ne prenda alcune anche lei e tenga pure il pacchetto, sento che ne avrà bisogno. Se vuole le do anche la Jeep in regalo, a me non serve. Era la marca preferita di mia figlia.«

D'ora in poi, capì Cornell, il suo agire era esente da ogni obbligazione.

*

Gran parte dell'opinione pubblica occidentale considerava l'invasione dell'Afghanistan illegittima, ma ancora una volta prevalse la ragion di stato americana. Si trattava dell'ennesima guerra sporca decisa a tavolino, robocops alieni schierati di fronte a mandriani in sandali nel diritto di difendere le proprie terre. Una guerra orchestrata da repubblicani creazionisti –»Dio, armi e carbone!«– alla conquista di Babilonia ed approvata unanimemente dai loro sudditi europei. I G.I. praticanti, quelli cresciuti nel gospel e nel timore del dio degli emarginati, incollavano santini sui loro zaini, ammazzavano con la coscienza tranquilla, rintontiti dall'arian christian metal, nuova corrente musicale e colonna sonora della "war on terror". Il Vaticano, cronicamente suppliziato da casi di pedofilia, tacque sugli assassinii in terre maomettane. Canali televisivi arabi mostravano cadaveri di civili ancora caldi, mentre quelli occidentali solo veicoli incendiati, al massimo donne anziane straziate dal dolore in piazza del mercato. Questo»per non strapazzare la sensibilità degli spettatori«, in realtà per intorpidire l'opinione pubblica e arginare così le manifestazioni dei pacifisti.

Furono decine di migliaia i pacifisti a sfilare nelle strade di Madrid e di Roma, i contestatori vennero presi a manganellate da poliziotti fascistoidi. Il Regno Unito, a sua volta brulicante di fedeli meinkampfisti, ignorò la volontà del popolo, si schierò come sempre dalla parte degli USA. All'arrembaggio, innanzitutto.

I Nuovi Rinati Cristiani alla Casa Bianca rivendicavano l'indispensabilità delle loro novecento basi militari sparse su ogni continente. La *Süddeutsche Zeitung* di Monaco pubblicò un'intervista con l'attore Peter Sarsgaard, trent'anni appena, nato su una base dell'aviazione nell'Illinois, a proposito degli interventi statunitensi. Estratto:»Noi americani dovremmo chiederci perché partiamo continuamente in guerra. Il motivo non è proprio quello di esportare i nostri ideali, ma la fame di guerra radicata nella nostra psiche.«

I magnati della celluloide hollywoodiana, sovvenzionati dal Pentagono, accumulavano copioni patriottici, come d'abitudine intenzionalmente sovraesposti e conditi di sinfonie post-Wagner per riempire di vendicatori le sale dei cinema. Presunti informatori del Mossad pagati a peso d'oro avvertivano gli ingenui servizi segreti europei di imminenti attacchi terroristici, peraltro mai perpetrati. False flags erano all'ordine del giorno, le associazioni di tiro al piattello stracolme.

Wesley Clark, ex-comandante in capo nella guerra del Kosovo, ammise che il Ministero della Difesa aveva deciso di rovesciare entro pochi anni i governi di sette nazioni: Iraq, Siria, Libano, Somalia, Libia, Sudan e Iran. *Vanity Fair* stampò un articolo di Sam Tanenhaus, nel quale il President's Brain Trust, costituito dai neoconservativi Richard Perle, William Kristol e Paul Wolfowitz, aveva appena suggellato l'invasione dell'Iraq.

Considerando che tutti e tre erano stati formati negli istituti per geopolitica dai loro mentori Leo Strauss e Albert Wohlstetter, formazione di cui gli interessati andavano apertamente fieri, pareva ovvio che era la lobby israeliana d'oltremare, alla quale appartenevano *architects of war* come Douglas Feith e David Wurmser ("A Clean Break: A New Strategy for Securing the Realm"), a dettar legge in Medio Oriente.

*

Mentre gli Stati Uniti erano occupati ad occupare Masar-e Scharif e Kunduz, a sud di Gerusalemme furono sequestrati due giovanissimi coloni. Non vi fu alcuna rivendicazione dell'atto, né richieste di riscatto e neanche tentativi di contatto. Ciò malgrado il Likud aveva predeterminato chi erano i rapitori. Quel crimine non conveniva né a delinquenti di periferia né alla malavita organizzata ma solo all'Hamas, come pegno in cambio del rilascio di compagni di lotta incarcerati. Gli indizi mancavano, eppure furono decisi arresti arbitrari in serie.

Contadini palestinesi, benché disarmati e non coinvolti nel sequestro, vennero giustiziati dai boia dell'ultradestra allenata a disprezzare ogni razza e che esigeva vendette addizionali moltiplicando la pressione sul premier. Il Likud e i suoi complici derisero la Soluzione dei due Stati a varie riprese, aspettando ansiosamente un motivo abbastanza sexy per ordire il blitzkrieg già battezzato con una metafora dal Vecchio Testamento. Ariel Sharon ordinò alla stampa di bollare come terrorista ogni arabo armato di fionda che si fosse opposto a Tzahal.

I cadaveri dei due coloni furono rinvenuti in bare di sughero nei pressi di Hebron, la polizia continuava invano le ricerche per risalire agli assassini. Rudimentari razzi di stagno lanciati da Hamas atterrarono su erbacce israeliane. La spedizione punitiva fu ratificata con grande pompa.

Una delegazione della nomenklatura likudista reagì per prima invadendo il sacro Monte del Tempio, sottolineando in maniera inequivocabile che appartiene anche agli ebrei.

*

L'Agence France-Presse gli propose un lucrativo contratto che firmò durante il brunch con Anja, amministratrice del dipartimento immagini. Anja aveva vinto una sfilza di premi inutili grazie a dei reportage sui conflitti nell'ex-Jugoslavia, le mancava solo il Pulitzer. L'accredito gli fu inviato dalla filiale di Berlino tramite fax. Cornell riempì il Pelicase col corredo del legionario: coperta da camping Pendleton, scarponi da escursionismo a tripla cucitura e suole Vibram, pantaloni cargo, torcia alogena, qualche flacone di essenza di bergamotto, il coltello Buck 119, sapone disinfettante, una giacca antistrappo da cacciatore e la gran varietà di bandana a colori effervescenti di Talleen. Il tutto schiacciato dal disco-reliquia di Miles Davis.

Si congedò da Leo Paganini e volò la tratta MUC-TLV senza sosta intermedia.

*

Appena giunto all'hotel Towaroff si sparse la notizia dei lanci di artiglieria delle Israel Defense Forces a Beit Hanun, nel nord della striscia di Gaza. Alla reception si stavano affannando nell'aumentare le tariffe, benché anche a Gerusalemme il novembre sia considerato fuori-stagione. L'attuale situazione aveva da un lato spaventato pellegrini dalla fede debole, dall'altro attirato giramondo alla ricerca di action e freaks del poligono di tiro, decisamente più numerosi. Cornell anticipò i 2000 dollari a settimana per una camera, inclusa colazione con vista su distributore di benzina e scaletta antiincendio. Puzzava di nafta, di zerbini infangati. Era collocata al primo piano, adiacente alle camere dei corrispondenti della filosionista *BILD-Zeitung* di Berlino e ad altri casi malati di estremismo pro-israeliano del gruppo editoriale Axel Springer. Si fece la doccia, considerando allo specchio le graduazioni del proprio squallore emotivo. Dalla discoteca nel sotterraneo risuonavano linee di basso di gangsta funk démodé e litanie da kibbutz febbrilmente scratchate da un inesperto disc jockey.

Il giorno successivo il Government Press Office lo avvisò che ai giornalisti stranieri l'accesso alla striscia di Gaza poteva essere revocato indipendentemente dallo status o da permessi speciali. Testimoni imparziali, sui campi di battaglia, sono sempre importuni.

In un'area verde, a un centinaio di metri dal GPO, gli autonomi dell'Alternative Information Center leggevano testi di Michel Warschawski, messaggero di pace con precedenti ammirevoli. Un capitolo trattava dei recenti saccheggi nella sede dell'AIC e dell'iconoclastico assedio della basilica della Natività a Betlemme. Nel frattempo l'armata israeliana polverizzava mezzi di trasporto e tralicci, deponeva senza preavviso cariche esplosive nei casolari. Warschawski incitava gli israeliani a non sostenere il corso del loro premier ubriaco in rotta verso il precipizio; lodava i militari insubordinati che avevano scelto il penitenziario piuttosto che sradicare alberi di olivi e sterminare mandrie di buoi nei territori occupati; condannava l'esecuzione sommaria di palestinesi in base a sospetti, come era appena accaduto al conduttore della banda musicale della polizia. Warschawski condannava anche l'Unione Europea per il suo silenzio sulla pulizia etnica in corso, sugli evidenti crimini di guerra che rimanevano impuniti. In un'operazione da commando in acque internazionali la marina israeliana aveva confiscato battelli carichi di viveri e medicinali destinati agli abitanti di Gaza, l'occasione fortuita per assassinare nove attivisti turchi che vi si trovavano a bordo. Israeliani pacifisti ed ebrei antisionisti americani chiedevano il boicottaggio, il disinvestimento e sanzioni contro Israele. Alcuni di loro furono intimiditi con proiettili di gomma oppure posti in custodia cautelare. La rivista culturale francese *Les Inrockuptibles* riferiva da Ramallah che la situazione si stava inasprendo, i cadaveri dei combattenti venivano tumulati in fosse comuni al fine di mantenere libere le celle frigorifere per le vittime di crimini ancora da elucidare. Giovani palestinesi furono estratti dai campi di prigionia e messi in gabbia seminudi, incatenati sotto illuminazione costante. L'Assemblea delle Nazioni Unite si mostrò nuovamente indignata e sgomentata, in altre parole indifferente. Dopo un centinaio di infrazioni al diritto internazionale, le risoluzioni ONU contro Israele furono riformulate apposta in maniera criptica, così da rendere nulle le infrazioni future.

L'Hamas lanciava sporadicamente razzi in territorio nemico. Non vi erano feriti e neanche danni materiali ma la punizione collettiva fu varata ugualmente: eliminare almeno duemila abitanti di Gaza, solo così si sarebbe tornati a una certa tranquillità.
Cornell noleggiò una Volvo 760 e raggiunse il valico di Erez. In lontananza carri armati Merkava si muovevano in direzione contraria. Parcheggiò la macchina cinquecento metri prima del posto di controllo e oltrepassò a piedi la tetra frontiera. Erano le 11 del mattino, un mattino nuvoloso con una temperatura teorica sui 16 °C. Beit Hanun era in vista. Le bombe avevano ridotto in macerie un intero quartiere, munizioni inesplose si erano conficcate

nei cortili. Diciotto persone avevano perso la vita, la maggior parte erano minorenni. Gaza significava ora divieto di pesca, bancomat vuoti, bulldozer trancianti condotte idrauliche. Era sorprendente constatare come milioni di perseguitati preferiscano erigere un virtuale Muro del Pianto palestinese sperando in una implosione salvatrice piuttosto che organizzare una ribellione di massa contro l'oppressore.

In Beit Hanun Cornell fece la conoscenza di Oleg, fotoreporter di Ekaterinburg con apparecchio acustico e giubba antiproiettile. Su incarico delle *Izvestija* si era acquartierato in Gaza City quando l'atmosfera era ancora gradevole. I conflitti mediorientali li aveva fotografati da vicino sin dall'attentato a Sadat. Il suo vero mestiere era quello di caporeparto in un istituto di cure palliative per malati terminali che si ostinano a voler vivere ad ogni costo invece di buttarsi giù dal tetto e sgravare da compiti ingrati, con questo nobile gesto, gli operatori sanitari.

Oleg e Cornell trascorsero il pomeriggio tra calcinacci e immondizia, poi fecero pausa in una locanda con merguez su pomodori e birra di contrabbando. Il dessert consisteva in biscotti al pistacchio. Malgrado l'eccesso di spezie e di frutta secca, i biscotti in Oriente sanno solo di farina e pistacchi, disse Oleg. Anche in gastronomia, come d'altronde in ogni altro campo, gli arabi mancano di spirito di innovazione.

Il locandiere mise a loro disposizione una mansarda pitturata di verde fresco. Nel frattempo l'Egitto aveva annunciato che il posto di frontiera a Rafah sarebbe reso accessibile per favorire l'esodo. Centinaia di profughi erano in cammino quando in televisione e dai megafoni fu dichiarato il coprifuoco. In serata l'aviazione israeliana bombardò Dschabaliya e la Brigata Golani diede via al massacro in Shuja'iyya, un distretto di Gaza City. Come pretesto era bastato mandare in onda un filmato mostrante scie di condensazione nel cielo che parevano scie di petardi o di turbolenze aeree, evidenza inconfutabile che il nemico continuava le provocazioni. Le bombe teleguidate al laser delle forze occupanti smembrarono quella notte ottanta civili. I killer delle IDF si allinearono nel distretto con l'ordine di sparare a vista su tutto ciò che si muoveva. »Shoot and don't worry about the consequences.« L'interruzione di trasmissione di energia elettrica spinse la popolazione a camminare nel buio dritti dritti verso i fucili dei brigadieri Golani. Quando Tzahal rese pubblico il rapimento di un loro fante, gli invasori in preda alla pazzia sbriciolarono settecento case. Al sorger del sole i cadaveri di diciannove adolescenti furono lavati e coperti con tele bianche. Coloro che nella notte avevano vagato senza meta, deformati da impatti di granate e perforazioni dei timpani, gridavano ora aiuto a pieni polmoni. Ma gli aiuti nella striscia di Gaza arrivano tardi e arrivano da chirurghi benevoli che eseguono amputazioni con utensili da falegname, senza sedativi né cloroformio. Caddero bombe anche sul campo profughi dell'ONU a Dschabaliya. Nelle moschee la Chiesa greco-ortodossa distribuiva indumenti e zuppe calde ai bisognosi. L'organizzazione israeliana non governativa B'Tselem e il segretario generale dell'ONU denunciarono la strage di Shuja'iyya, al contrario del papa appena eletto, che, come tutti i papi dal 1933 ad oggi, si rifiutava di ammettere che i valori giudeo-cristiani sono incompatibili con la politica israeliana applicata ai palestinesi.

La frontiera di Rafah rimase bloccata anche dopo il bombardamento di una scuola elementare. Il Cairo seguiva bravo bravo gli ordini impartiti dalla Casa Bianca.

*

Oleg partì al mattino presto, sul comodino aveva lasciato un pacchetto di tabacco russo marca SPORT. Cornell si guardò intorno, riflettendo su come trascorrere sensatamente la giornata in Beit Hanun, ormai città martire. Il locandiere lo informò dell'esodo di intere famiglie verso la frontiera egiziana, ancora bloccata ma meno pericolosa della regione nord. Droni sorvolavano i posti di controllo. Dopo una corta tregua i convogli dell'ONU carichi di derrate alimentari e medicinali giunsero ai campi profughi. Gli israeliani bombardarono i trasmettitori televisivi del canale di Hamas, accusandolo di divulgare propaganda antisemita. Il colmo dell'ipocrisia.

Il valico di Erez fu chiuso provvisoriamente ai giornalisti, anche agli *embedded*. Verso mezzogiorno caddero granate nei quartieri est di Beit Hanun, il piccolo giardino zoologico venne distrutto dalle fiamme, solo due felini sopravvissero. Tzahal era comandata da furie consce dei danni psicologici causati dalla devastazione di uno zoo in quell'area maledetta dal Profeta. Veterinari in tuniche stracciate furono evacuati con le ambulanze. Le ruspe spalavano detriti e torsi di mammiferi tra urla di vendetta. Cornell scrutò ogni angolo di ciò che rimaneva dello zoo, ammutolito dalla tragedia e soggiogato dalla donna con cappello Akubra che fotografava in lacrime zebre squartate dentro al cratere. Bilanciandosi tra i resti di inferriate carbonizzate pareva una geisha sulla slackline. La donna si trovava a dieci metri da lui, ciononostante riconobbe in lei una forte somiglianza con Dickey Chapelle. A parte gli occhiali yé-yé il resto concordava: giacca beatnik e tre Nikon al collo. Dimostrava così la sua affiliazione ai vertici dell'industria ottica tokyota piuttosto che a quello della primitiva Canon, fabbricante di copiatrici. In campo fotogiornalistico una muraglia giapponese divide le due aziende.

»Chi sei?«, chiese Cornell.

»Sono Heidi, americana del Wisconsin domiciliata a Geru. Lavoro per SIPA Press. Te invece?«

»Per diverse riviste di cronaca rosa e per l'AF...«

Una deflagrazione, un'onda d'urto: Cornell si coprì le orecchie e cadde al suolo. Mantenne gli occhi chiusi per lunghi attimi, colto da vertigini. Forse era esplosa una bombola del gas o un'autocisterna, forse un ordigno a scoppio ritardato. Rimase a terra paralizzato da amnesia, cercando vocaboli appropriati, un qualche simbolo di fratellanza nella folla. Non notò nessuna agitazione e neanche giubbini gialli o nastri segnaletici. Alzò la testa in direzione dello zoo. Qual è il ruolo degli animali nella dottrina musulmana? Anche alle bambine palestinesi i genitori regalano orsacchiotti di peluche? Se il cane non è il miglior amico dei maomettani chi potrebbe esserlo? Allungò il collo all'indietro, convinto di aver intravisto un veicolo della Mezzaluna Rossa. Il piazzale era stato ripulito, dei poliziotti fumavano su sacchi di concime. Heidi fotografava Cornell in un balletto da pifferaia, all'inizio distaccata, poi irriverente – ma la vuoi piantare, cos'è questa commedia, eh! che messa in scena ecc. La velocità del vento nell'incredulità del delirante. Lui la guardava attonito, così come Belmondo guarda attonito Patricia per il tradimento in *Fino all'ultimo respiro*. Eppure il suo respiro era pacato, la pressione sanguigna bassa. Non provava dolori né al bacino né al torace, neanche un principio di nausea. Tastò le orbite oculari, si palpò il naso, controllò palato e dentatura, fece ruotare le clavicole e distese la colonna vertebrale.

Tutto gli pareva a posto, tranne che non udiva nessun rumore, nessun suono. Quel silenzio abnorme nel picchiarsi le tempie…Scosse la testa con violenza, a destra e a sinistra e poi in ogni senso finché capì: era sordo, completamente sordo.

Anche Heidi capì. Gli accarezzò le guance, lui fu sorpreso da come erano calde le sue mani. Il terriccio era caldo, l'aria era calda e questo calore lo turbava. Rimase ancora coricato, leggendo le labbra di Heidi che continuava a chiedere:

Stai bene? Mi senti ora?

No, non ti sento.

Per niente?

Niente. Le mie orecchie...
Sei crollato senza motivo apparente.
Non sento, non sento niente. Non sento niente di quello che mi dici, non sento più nulla!! Non-sento-più-nulla!!
Cornell si alzò con lo sguardo impietrito, leggermente ipoglicemico, le gambe tremanti, chissà, forse una caviglia si era storta. Diede ad Heidi il numero della sua camera all'hotel Towaroff e le disse:
»Vieni alla fine del Shabbat.«
Un taxi lo riportò al checkpoint di Erez, da qui raggiunse Gerusalemme in autostop. Non aveva scattato neanche una foto a Gaza ma ogni scena gli si era congelata nella memoria, alla moviola, a colori spenti e grana brumosa come nei gialli cult.
Al fattorino dell'hotel diede 100 dollari per una bottiglia di Zubrowka ed altri 200 per un pacco di sonniferi al zopiclone, impossibile ottenerlo senza ricetta medica. Ma per una somma del genere il fattorino promise:
»No problem, Sir.« Cornell gli strinse la mano.
»Stasera a cena nel ristorante. Avvolga le pillole in un tovagliolo.«
»No problem, Sir«, ripeté il fattorino e ad ogni modo non c'era altro da aggiungere.

Il fattorino si tenne ai patti. Per cena Cornell ordinò carciofi selvaggi su crema di aglio e confit di anatra su insalata di barbabietole. Fece i complimenti al cuoco con un pollice all'insù e salì in camera sua. Si versò un primo bicchiere di vodka. Dalla finestra osservava i benzinai attraverso lo zoom, giocando a indovinare, a seconda della cilindrata delle automobili, quanti shekel pompavano in diesel.
A mezzanotte in punto le luci dell'hotel si attenuarono di qualche tonalità. Bevve un altro paio di bicchieri contro gli attacchi di panico e si sdraiò sul letto, in un'attesa a zero decibel.
Alle 3:30 del mattino estrasse *Birth Of The Cool* di Miles dal Pelicase e penetrò nel nightclub vuoto al seminterrato. La cabina del DJ era collocata nell'angolo opposto al bar,

c'era solo da seguire i neon sul pavimento che portavano alle uscite di soccorso. Accese il mixer e le casse, poi mise il disco sul piatto del Technics SL-1200 e alzò il volume a tratti irregolari. I VU-meter oscillavano in zona critica ma l'unica cosa che Cornell udiva era l'aumentare del suo livello di adrenalina. Ingoiò la penicillina, le pillole di Valium e di zopiclone insieme a mezzo litro di vodka e strisciò in stato di allucinazione fino alla pista da ballo. L'ultima cosa che vide fu la palla a specchi.

*

Il medico legale del pronto soccorso confermò il decesso escludendo influenze esterne. Come causa della morte indicò l'arresto cardiaco in seguito a ingestione di alcool e abuso di psicofarmaci.

Nella perizia provvisoria annotò che alcune gocce di sangue erano colate dalle orecchie e che la puntina di diamante era ferma sul quarto brano del lato B del disco.

L'autore ringrazia:

Abraham Melzer, Al Jazeera, Agence France-Presse, Associated Press, B'tselem, Blue Note Records, Breaking The Silence, Capitol Records, Deutsche Presse-Agentur, Don McCullin, Gideon Levy, Gush Shalom, Edward O. Wilson, Haaretz, Henry Miller, Ilan Pappe, Iswestija, Jeanloup Sieff, Jean-Paul Belmondo, Le Monde diplomatique, Les Inrockuptibles, Magnum Photos, Michel Warschawski, Noam Chomsky, Patrick Chauvel, Peace Now, Roberto Simoni, Stéphane Hessel, Süddeutsche Zeitung, Vanity Fair, Véronique De Keyser.